D1351049

COCOTTES-MINUTE

N'en jetez plus !
Moi, vous me connaissez ?
Emballage cadeau.
Appelez-moi, chérie.
T'es beau, tu sais !
Ça ne s'invente pas.
J'ai essayé : on peut !
Un os dans la noce.
Les prédictions de Nostrabérus.
Mets ton doigt où j'ai mon doigt.
Si, signore.
Maman, les petits bateaux.
La vie privée de Walter Klozett.
Dis bonjour à la dame.
Certaines l'aiment chauve.
Concerto pour porte-jarretelles.
Sucette boulevard.
Remets ton slip, gondolier.
Chérie, passe-moi tes microbes !
Une banane dans l'oreille.
Hue, dada !
Vol au-dessus d'un lit de cocu.
Si ma tante en avait.
Fais-moi des choses.
Viens avec ton cierge.
Mon culte sur la commode.
Tire-m'en deux, c'est pour offrir.
A prendre ou à lécher.
Baise-ball à La Baule.
Meurs pas, on a du monde.
Tarte à la crème story.
On liquide et on s'en va.
Champagne pour tout le monde !
Réglez-lui son compte !
La pute enchantée.
Bouge ton pied que je voie la mer.
L'année de la moule.
Du bois dont on fait les pipes.
Va donc m'attendre chez Plumeau.
Morpions Circus.
Remouille-moi la compresse.
Si maman me voyait !
Des gonzesses comme s'il en pleuvait.
Les deux oreilles et la queue.

Pleins feux sur le tutu.
Laissez pousser les asperges.
Poison d'Avril, ou la vie sexuelle de Lili Pute.
Bacchanale chez la mère Tatzi.
Dégustez, gourmandes !
Plein les moustaches.
Après vous s'il en reste, Monsieur le Président.
Chauds, les lapins !
Alice au pays des merguez.
Fais pas dans le porno...
La fête des paires.
Le casse de l'oncle Tom.
Bons baisers où tu sais.
Le trouillomètre à zéro.
Circulez ! Y a rien à voir.
Galantine de volaille pour dames frivoles.
Les morues se dessalent.
Ça baigne dans le béton.
Baisse la pression, tu me les gonfles !
Renifle, c'est de la vraie.
Le cri du morpion.
Papa, achète-moi une pute.
Ma cavale au Canada.
Valsez, pouffiasses.
Tarte aux poils sur commande.

Hors série :

L'Histoire de France.
Le standinge.
Béru et ces dames.
Les vacances de Bérurier.
Béru-Béru.
La sexualité.
Les Con.
Les mots en épingle de San-Antonio.
Si « Queue-d'âne » m'était conté.
Les confessions de l'Ange noir.
Y a-t-il un Français dans la salle ?

SAN-ANTONIO

COCOTTES-MINUTE

FLEUVE NOIR

6, rue Garancière - Paris VIᵉ

© 1990, « Éditions Fleuve Noir », Paris.

ISBN 2-265-04279-X

ISSN 0768-1658

COCOTTES-MINUTE

Chronique de la vie quotidienne
dans les Yvelines

ROMAN DÉGUEULASSO-POLICIER

A Albert Benloulou, l'un des princi-
paux éléments de ma « force tran-
quille ».
Avec mon affectueuse reconnais-
sance,

SAN-A.

« Celui qui s'endort avec le cul qui le démange, se réveille avec le doigt qui pue. »

Proverbe chinois (traduit par Bérurier).

LA PÊCHE AUX BITES

— Je suis fière de pouvoir le dire, commissaire, mais nous avons toujours eu le sens du dévouement dans notre famille, surtout du côté des femmes. Ma grand-mère, déjà, pendant la quatorze-dix-huit était branleuse de blessés dans les hôpitaux du front. Nous avons encore, dans une vitrine de notre salon, le gant de velours dont elle se servait pour soulager nos chers poilus sans ternir l'honneur de son époux, le comte Harbourt de Chaglatte.

« Elle les branlait sous leur drap, avec énergie et persévérance, les manchots surtout. Le plastique n'ayant pas encore fait son apparition, la chère femme recueillait la semence de ces braves dans des serviettes nids-d'abeilles dont elle assurait personnellement le nettoyage par respect pour l'armée française. Elle a reçu la Légion d'honneur des mains du maréchal Gallieni, alors général, puisque le héros des taxis de la Marne fut promu au maréchalat à titre posthume.

« Quant à ma mère, monsieur le commissaire, ma chère et vénérée maman, elle a payé de sa personne au Viêt-nam. Sans doute son nom vous dit-il quelque chose : Gislane de Saint-Braque ? Elle a été l'une des plus grandes tragédiennes de ce temps. Son talent était tel qu'il y eut une obstruction massive à la Comédie-Française pour lui en interdire l'entrée. Elle dut se résoudre à fonder sa propre troupe afin de pouvoir se produire.

« Lorsque les affaires de la France commencèrent de mal aller en Indochine, elle partit jouer *Phèdre* à Saïgon, histoire de galvaniser le moral des troupes. Là, elle dut déchanter : nos petits gars du contingent se souciaient davantage de se vider les testicules que de s'emplir la tête des vers de Racine.

« Ayant compris cela, ma mère, commissaire, avec un héroïsme, une abnégation qui forcent l'admiration, transforma sa compagnie en bordel de campagne. Qui m'aime me suive ! De jour, de nuit, elle et ses camarades féminines s'occupèrent de vider les bourses des guerriers dans la défaite. A Diên Biên Phu, commissaire, le 7 mai 1954, jour de la reddition française, elle suçait encore en pleine apocalypse un jeune sous-lieutenant terrassé par une crise de nerfs afin de lui faire recouvrer son self-control. Elle a reçu également la Légion d'hon-

neur, des mains du président Mendès France.
Nous eussions préféré que ce ne fût pas un
homme de gauche qui la lui remît, mais à cheval
donné on ne regarde pas les dents.

« Pour ma part, commissaire, m'efforçant de
m'inscrire dans cette tradition altruiste, je m'occupe de la réinsertion des jeunes délinquants
venant de purger leur peine. Période charnière,
période cruciale pour eux. Vous le savez mieux
que personne, commissaire : ces pauvres gosses
ont contracté de mauvaises relations pendant
leur incarcération, de mauvaises habitudes
sexuelles aussi. Il convient de les purger de
leurs tristes pratiques comme de leurs louches
amitiés. Pour ce faire, je les accueille dans mon
château de Con-la-Ville, dans les Yvelines. Ils y
séjournent un temps avant d'affronter à nouveau les dangers de la vie courante. Aidée de
quelques amies dévouées, je m'efforce de les
« remettre à l'heure », si vous me passez l'expression. C'est une tâche noble et passionnante.
Qui donne d'excellents résultats car nous nous y
consacrons corps et âme, mes compagnes et
moi. »

Elle reprend souffle, enfin !

Une diserte ! Presque une bavarde. Elle
appartient à ces femmes qui s'arrêtent d'agir, de
se mouvoir même, lorsqu'elles prennent la
parole, parce que le verbe les mobilise entièrement.

Drôle de personne. Plutôt petite, la quaran-

taine, le cheveu châtain coupé court, à la
« garçonne ». Pas de poitrine, la peau très pâle
avec du bleu naturel sous ses yeux noisette. Une
bouche peu ourlée, un nez qui a dû être bricolé
par un chirurgien esthétique et qui ne ressemble
plus à grand-chose. Elle porte un tailleur bleu
marine de cheftaine, un chemisier blanc. Elle a,
au cou, une chaîne de trois rangs en sautoir à
laquelle pend une espèce de feuille sagittée en
or. Elle est très peu fardée : un nuage ocre sur
les pommettes, deux petits traits rouges aux
lèvres.

Elle écrase un peu les « a » en parlant. Elle
fait « noblaillonne » de province. Je la devine
dans son château en vermoulance, avec une
vieille bonne qui fait des confitures et un
jardinier plus âgé encore qui plante des rames
pour les haricots grimpants. Elle doit avoir son
prie-Dieu gravé à ses initiales à l'église, et je
l'imagine assez passant la tondeuse sur la
pelouse devant le perron pour montrer qu'elle
est simple.

Le personnage est un peu sec, un peu hau-
tain, pas terriblement sympa. Cependant, il y a
quelque chose d'intense dans le regard, voire de
passionnel comme dans les prunelles de mili-
tantes farouches, prêtes à mourir pour une
cause engendreuse de violences. On devine
qu'elle peut très bien avoir un Beretta dans son
sac à main entre son poudrier et sa boîte de
Tampax.

Elle m'a téléphoné çe matin en se recommandant de Mme Leguingoix, une amie que m'man s'est faite lors de sa dernière cure en Roumanie ; une dame très bien, veuve d'un commandant de gendarmerie et mère de Victorien Leguingoix, le fameux chirurgien esthétique qui répare, dans le seizième, les irréparables outrages du temps. Il te prend Alice Sapritch et t'en fait Carole Bouquet !

Donc, Francine de Saint-Braque, ma terlocuteuse, m'a sollicité un rendez-vous pour m'exposer ce qu'elle a appelé « une affaire délicate ». Et la voilà qui me pompe l'air avec leurs prouesses gonzestiques à grand-mère, maman et elle : leur altruisme forcené, les décorations qui en ont consécuté, cette tradition dans la vocation de se vouer aux autres (surtout aux hommes, ai-je cru remarquer).

Content de pouvoir en caser une, je dis, avec une urbanité nonchalante comme il sied :

— C'est très intéressant.

Elle me remercie d'un sourire extra-mince. Ses yeux restent vigilants, attentifs et vibrants tout à la fois. Dommage qu'elle n'ait pas de poitrine et très peu de cul, sinon elle aurait été intéressante. Mais là, c'est pas mon module d'expansion. Le côté légèrement gougnotte ne me met pas sur la rampe de lancement idéale. Note qu'elle constitue peut-être une belle affaire plumardière. On a des surprises, souvent.

Elle repart :

— L'un de mes protégés, un garçon de vingt-deux ans qui a purgé dix-huit mois pour une triste affaire de drogue, vient de me raconter une chose terriblement étrange, commissaire, que je ne puis garder pour moi. Je suis le contraire d'une dénonciatrice, croyez-le, mais il est des cas où votre conscience prend le pas sur la réserve.

— Voilà qui vous honore, madame.

— Mademoiselle.

Je m'incline.

Soit, elle est demoiselle. Mais à bientôt quarante balais, je crains un peu.

— Alors, que vous a révélé ce charmant jeune homme ?

— Avant tout, commissaire, je voudrais que vous me donniez votre parole de ne pas lui créer d'ennuis. Il a commis un acte peu recommandable, j'en conviens, mais s'il retournait en prison alors qu'il est en plein traitement rédempteur, la chose pourrait avoir sur cette nature faible des conséquences irréversibles.

Je souris.

— Je suis un officier de police très indulgent, mademoiselle. Toutefois, si le délit qui lui est imputable est grave, je vois mal comment je pourrai fermer les yeux.

Elle opine brièvement.

— Une tentative de vol, ça rentre selon vos

critères dans les délits très graves, commissaire ?

— Je pense qu'on peut en absoudre votre pensionnaire.

— Merci. J'ai confiance en vous.

Toujours des petits préambules dans les cas délicats. Un confus marchandage. Faut promettre des choses, verser des arrhes, chipoter. Rien n'est simple !

Bon, elle va la cracher, son arête, la Miss Mademoiselle ?

Je ne puis m'empêcher de virguler une œillerie à ma montre. Pas poli mais éloquent. Une personne qui te bavasse dans les trompes, tu frimes ta tocante et la voilà qui pousse la manette des gaz.

— Imaginez-vous, commissaire, que mon petit Riton a voulu « repiquer » à la drogue, comme il dit. S'il m'en avait parlé, j'aurais pu lui acheter une ou deux lignes de coke pour calmer un peu sa triste fringale, mais non, le coquin n'a rien trouvé de mieux que de s'introduire par effraction dans une pharmacie pour y voler de la came !

— Ils sont nombreux dans son cas, soupiré-je.

Elle interprète ma réflexion comme la marque de mon absolution et opine avec véhémence.

— Et alors, mademoiselle de Saint-Braque, qu'en a-t-il résulté ?

— Quelque chose d'assez terrifiant, commissaire. Riton est allé au coffre où, généralement, les pharmaciens conservent les produits à haute toxicité et les drogues dures. Seulement, le garnement s'est trompé. Il faut dire qu'il n'a rien d'un professionnel de la cambriole, heureusement. Il a pris pour le coffre en question le réfrigérateur de l'arrière-boutique, tout simplement parce que celui-ci fermait à clé. Riton s'était muni d'un passe-partout chipé au serrurier venu réparer la grande serre de mon potager. Il a pu ouvrir sans peine le réfrigérateur en question. Et alors...

Là elle déglutit, Francine.

— Et alors ? répété-je en écho afin de l'encourager.

— Il a trouvé des débris humains, reprend-elle.

— Quel genre de débris ? questionné-je sans sourciller.

Sa voix flanche, blanchit, fait des couacs :

— Des sexes masculins, commissaire.

Là, on place un léger temps mort pour donner à la révélation le temps d'étendre ses ondes de choc. Puis elle reprend :

— Aux dires de Riton, chacun des sexes était enfermé dans un sac de plastique et il y en avait une bonne douzaine. Sur le moment, il a douté de la chose et a cru, je vous demande pardon, qu'il s'agissait de cous de poulets. Mais en y regardant à deux fois, la sinistre vérité s'est imposée. C'était bel et bien des organes d'hommes : verges et testicules, sectionnés au ras de ceux-ci.

Parfait, très bien ; des trucs aussi énormes, j'en ai déjà entendu balancer pas mal. Peut-être des plus carabinés encore. J'imagine le petit malfrat en quête de blanche qui ouvre un frigo et trouve des bites en sachet, empilées gentiment. Et puis l'image me fait rigoler doucement. Tu vois un pharmago collectionner des chibres, toi ? Gardant cette étrange « marchandise » dans son officine ? A quelles fins ? Mystère ! M'est avis qu'il a perdu les pédales, le petit « miraculé à sa sauveuse ». Doit avoir des visions. Son casse solitaire lui aura filé les flubes et perturbé la vue. Il a pris des tétines de biberon pour des zobs, probable. Il avait dû se shooter au beaujolais, histoire de se donner du cran, ou bien gober quelques pilules hallucinogènes en arrivant chez le potard.

Elle doit suivre mes pensées dans mon œil limpide car elle remarque, d'un ton légèrement pincé :

— Vous ne paraissez pas accorder un grand crédit à la chose, commissaire ?

— A vrai dire, elle me laisse quelque peu sceptique, mademoiselle. Concevez-vous qu'on ait pu pratiquer sur une douzaine d'individus l'ablation de leurs attributs sans que cette monstruosité fût connue ? Si l'on excepte l'hypothèse d'un maniaque violeur de sépultures, il est impossible de prélever en si nombreuse quantité ce genre d'éléments humains avec discrétion. Même dans l'amphithéâtre d'un hôpital, douze sexes ne sauraient être « dérobés ». Un à la rigueur, je ne dis pas, le fait s'est d'ailleurs produit ; mais douze, mademoiselle de Saint-Braque ! Douze ! Et que feraient ces débris dans le réfrigérateur d'un pharmacien de grande banlieue, car la pharmacie où s'est introduit votre jeune ami se trouve dans la périphérie, je suppose ?

— C'est celle de Vilain-le-Bel, un gros bourg proche de Con-la-Ville.

— Alors, je pense que vous connaissez le pharmacien ?

— C'est une pharmacienne.

— A plus forte raison ! Quel genre de personne est-ce ?

— Une femme âgée qui songe à vendre son officine.

— De mieux en mieux. Et vous admettez que cette vieille personne blanchie sous le harnois empile dans son frigo des sexes sous cellophane ?

Elle hausse les épaules.

— Ecoutez, commissaire, je sais bien que cette affaire paraît folle, pourtant Riton est formel. Si vous saviez à quel point il était traumatisé en rentrant de son expédition nocturne ! Il était blême et défaillait. Il est venu me réveiller en pleine nuit. Je vous assure qu'il ne s'agit pas d'un mythomane.

— Ce n'est pas un mythomane, mais, selon vos propres déclarations, c'est un drogué en manque, mademoiselle.

— Je voudrais que vous l'entendiez, commissaire. Vous acceptez ?

— C'est que j'ai beaucoup à faire, et...

— Il est en bas, dans ma voiture.

Bon, pas mèche d'y couper.

— En ce cas, allez le chercher.

Dommage qu'il cafouille, Riton, car c'est un garçon plutôt pas mal. Grand, mince, avec une longue chevelure dans le cou et un regard langoureux de clébard.

Mlle de Saint-Braque fait les présentations et s'apprête à volubiler, mais je lui coupe ses effets péremptoirement.

— Pardonnez-moi, lui dis-je, mais il est indispensable que nous ayons une conversation en tête à tête, ce jeune homme et moi. Vous voulez bien nous attendre dans la salle, au bout du couloir ?

Elle semble choquée d'être aussi catégoriquement shootée, néanmoins elle s'emporte sur ses talons plats. Le môme semble affolé de se retrouver face à moi. Je le fixe un instant sans grande urbanité. Ces jeunes connards paumés qui mettent leur vie en portefeuille me filent dans une rogne sombre, et j'aimerais pouvoir leur administrer autant de mandales qu'ils en méritent, mais ça ferait « bavure » et c'est ma pomme qui écoperait, en fin de compte...

Il se tient debout devant mon bureau, à se faire des nœuds aux doigts. Il a un tic qui le fait renifler toutes les dix secondes.

— T'as des parents ? l'à-brûle-pourpoins-je.

Il est déconcerté, ne s'attendait pas à une question de ce type. Il acquiesce.

— Où demeurent-ils ?

— Flins.

— Et qu'est-ce qu'ils font ?

— Mon père travaille chez Renault, ma mère est à mi-temps dans une boucherie.

— Des frères et sœurs ?

— Une sœur.

— Pute ?

— Non, pourquoi ? Elle va encore à l'école.

— Et toi, tu faisais quoi avant de tomber ?

— Mécanicien.

— Pour quelle raison t'a-t-on emballé ?

— J'ai piqué la caisse d'un pompiste pour m'acheter de la came.

Tiens, c'est donc ça qu'elle appelle se faire arrêter pour trafic de drogue, la mère Francine de Saint-Braque ! Un peu indulgente avec ses protégés !

— C'est bien, la vie de château ?

Il danse d'un pinceau sur l'autre, puis opine.

— Oui, très.

— Tu y fais quoi, chez la mère de Saint-Braque ?

Il hésite, cherche, ne trouve pas et finit par chuchoter :

— Rien.

— Chouette occupation ! Vous êtes nombreux à suivre ces cours de « réinsertion » ?

— Cinq.

— Dis donc, c'est un tout petit pensionnat. Réservé à une élite. Ces dames sont gentilles avec vous ?

— Oui, très.

— La table est bonne ?

— Excellente.

— La baise aussi ?

Il marque un temps. Sa jolie figure d'ange-voyou se crispe.

— Comment ça ? il balbutie.

— Je pressens des partouzettes somptueuses au manoir, fais-je. Quand la bourgeoisie de province se dévergonde, elle sort pas les aéro-freins, c'est carrément l'embellie à grand spectacle. Vous devez niquer comme des fous, les malfrats libérés ; prendre des panards géants, vous faire sucer jusqu'à la moelle. C'est comme si j'y étais, tu vois, petit mec. Des séances de trou du cul à s'en faire éclater les miches. Je les visionne sur écran large. Cris et suçottements, comme j'aime à plaisanter. C'est quoi, sa spécialité à la Francine ? Elle prend du rond, elle broute les copines ? Je devine du particulier pour elle. Elle a une frime à se faire reluire dans les étrangetés, les combinaisons bien savantes. Elle flagelle ? Elle en prend cinq à la fois ? Elle vous promène en laisse avec des colliers étrangleurs ?

Riton a rougi. Il détourne les yeux. Il fatigue à rester debout devant moi, mais je prends un malin plaisir à ne pas lui proposer de siège.

— Tu ne veux pas répondre, môme ?

Il hausse les épaules.

— On se marre, quoi, murmure le gredin.

— Tu trouves que c'est marrant, l'amour ? On voit que t'as jamais aimé. Y a rien de plus terrible ni de plus beau. Tu ne veux pas me raconter un peu les fantasmes de votre chère bienfaitrice ? Je te promets de garder le secret. Je sais tenir ma langue, tu sais. Pour ça et pour les cassements nocturnes dans les pharmacies.

Mon regard doit pas lui choyer l'âme car il a la pomme d'Adam en folie, l'artiste. Je n'ai pas de difficulté à l'accoucher aux petits fers. Il me bonnit quelques déviations charmantes de son hôtesse que je veux pas te retracer parce que Wolinski serait cap' de les illustrer, et alors on se ferait interdire d'affichage, voire castrer si ça se trouve !

Faut pas trop exagérer, y a encore des ligues, des digues, des gigues pour te faire chier la bite quand tu dépasses la double ligne jaune. C'est le retrait du permis d'écrire à la clé. Le bannissement, le pilori, le supplice de la roue ! Du pal ! On est encore au Moyen Age quelque part, t'illusionne pas. Y a toujours des geôles, des bagnes, des Guernesey. On meurt encore pour pas grand-chose. L'homme n'abolit les brimades qu'après en avoir découvert de nouvelles, plus subtiles, plus tartuffières. On a remplacé la « guerre mondiale » par la guérilla permanente. On ne tue plus, on élimine. Verdun, Pearl Harbor, c'était jadis, du vieux folklore à la con, des délires de généraux étoilophages. A présent on pratique dans le suave, on est revenu à l'onguent gris et c'est nous qui sommes les poux. On est soporifiés, dévertébrés en douceur. On crève sans s'apercevoir de rien. En cas isolés qui n'intéressent personne.

Quand le dadais m'a lâché ses confidences, je joue avec un stylobille. J'appuie sur le rétracteur. Clic ! (la bille est sortie), clac ! (elle rentre). Au bout d'un peu c'est intolérable.

— Maintenant que tu m'as parlé de bites vivantes, raconte-moi les autres, Riton : les bitounes sous cellophane de la pharmacie.

— C'était affreux, chuchote-t-il. Je ne pouvais pas croire.

— Explique en détail !

— Ben voilà, y avait ce frigo, pas très grand, avec un revêtement imitation bois et des montants blancs. Il fermait à clé. Il se trouvait dans une espèce de placard, j'ai cru que...

— Qu'il contenait de quoi te schnouffer, petit con ?

— Ben oui.

— Continue !

— J'ai trouvé ces quelques paquets empilés. Transparents. Dedans y avait des zobs. Sur le moment, je me suis dit que ça ne se pouvait pas, que je me gourais. Alors j'ai pris un des paquets *et j'ai vu que c'était vrai !* Une bite, avec une grosse tête violette, et des roustons pleins de poils. Je vous jure que je n'invente pas !

Indéniablement, il paraît sincère ; épouvanté rétrospectivement.

— Tu n'as pas pensé que ce pouvait être des bites en plastique, Riton ?

Il a une mimique commisératoire.

— Pensez-vous ! Y avait du sang séché à l'endroit où on les avait sectionnées. Et puis elles étaient toutes différentes, si je vous disais...

Il a du mal à respirer. Cette fois je lui désigne une chaise :

— Pose-le là, fiston !

Il ne se le fait pas répéter. Se tient voûté, les coudes sur ses genoux écartés, la tête basse, chaviré. Genre délinquant à qui on assène les preuves de ses forfaits après l'avoir laissé battre à Niort. Il ressent une sorte d'étrange culpabilité, pas à cause de ses dires, mais parce que je n'y crois pas. Il est honteux de ne pas savoir me convaincre. Soudain, ce n'est plus qu'un gamin, un pauvre gosse mal dans sa peau qui ne sait pas par quel bout il faut attraper l'existence. Il a pris un faux départ et la merde s'est mise à pleuvoir sur sa pauvre vie banlieusarde.

— Dis-moi, reprends-je doucement, cette pharmacie, tu l'avais repérée avant d'aller la craquer, nécessairement ?

Il acquiesce.

— Raconte-moi à quoi elle ressemble et à quoi ressemblent les gens qui l'exploitent, patron et employés.

Riton se redresse un peu.

— C'est la pharmacie de Vilain-le-Bel, à trois kilomètres de « chez nous ». Au bout de la grand-rue, vers les nouveaux immeubles. C'est une vieille qui tient ça, complètement miraud ; elle a des lunettes aux verres si épais que ses yeux ressemblent à des glaves. Elle sucre les fraises.

— Sais-tu si elle demeure au-dessus de sa pharmacie ?

— Oui, en effet. Elle élève des chats angoras.

— Et tu crois que c'est pour les leur donner à bouffer qu'elle stocke des chibres, Riton ?

Il hausse les épaules.

— Je ne crois rien, monsieur le commissaire ; je vous raconte ce que j'ai vu, aussi dingue que ça puisse sembler. Un tas de bites, je vous le jure ! Dégueulasse !

Il passe sa main devant ses yeux comme s'il espérait arracher l'atroce vision de sa rétine,

ainsi que l'écrit Mme de Sévigné dans ses
« Lettres Persanes à Elise ».

— Qui travaille chez cette vieille pharmacienne ?

— Elle a une préparatrice : une grosse gonzesse blondasse qui vient travailler à vélomoteur.

— Je vois que t'as pris soin d'étudier les
lieux.

Il ne moufte pas.

— Et en dehors des deux gonzesses, qui
d'autre ?

— Un gars, genre Maghrébin, jeune, qui fait
des livraisons avec une 2 CV fourgonnette ;
mais lui ne travaille pas dans le magasin, il m'a
semblé qu'il fonctionnait le matin seulement.

— Comment t'es-tu introduit dans la pharmacie ?

Il sourit.

— Facile.

— C'est-à-dire ?

— La porte ferme avec une forte serrure de
sûreté. La vieille laisse la clé sur la lourde
pendant les heures d'ouverture. Un matin, je
suis allé acheter de l'aspirine à un moment où il
y avait des clients. J'ai piqué la clé en douce. Je
suis allé faire un moulage dans l'église où j'avais
planqué du mastic, et ensuite je suis retourné
acheter des pastilles pour la gorge et j'ai remis
la clé en place. Du beurre !

— Dis donc, t'es futé dans ton genre, gamin.

Mon compliment le fait sourire.

— Tu as su bricoler une fausse clé, partant de l'empreinte ?

— Dame, je vous ai dit que j'étais mécano de métier.

— Tu sais que tu devrais le redevenir, mon drôle ? Si tu persévères dans les conneries, ton existence va ressembler à un gros tas de merde pas fraîche. C'est pas pour te faire la morale que je te tiens ce langage, c'est parce que j'aime la vie et que je trouve qu'un individu de ton âge est davantage fait pour aller tirer des souris dans les sous-bois que pour se laisser défoncer le pot en taule par des méchants à la trique d'acier !

« Mais enfin, chacun sa chiasse, Riton. On ne peut pas forcer les gens à être heureux contre leur gré. Si t'aimes te faire bronzer à travers des barreaux, libre à toi ! »

Un long silence.

Tu sais quoi ? Il se mord les lèvres, le gosse, si fort qu'il va se sectionner un bout de bidoche. Deux larmes perlent au bord de ses cils, s'y agrippent longtemps avant de tomber.

Je laisse le silence nous jouer sa petite musique d'âme.

Il murmure :

— Vous savez, monsieur le commissaire... Je... je vous trouve au poil... Il faut absolument que vous me croyiez. C'est pas du bidon, l'affaire des pafs ! Pourquoi j'aurais inventé ça ?

Pourquoi j'avouerais avoir craqué cette pharmacie, ce qui aurait pu me faire retomber ? Ce serait de la dinguerie, non ?

— En effet, conviens-je, ébranlé. Mais tu vois, pour te livrer le fond de ma pensée, je m'obstine à croire que tu as confondu quelque chose qui ressemblait à des sexes avec d'authentiques chopines. C'est trop énorme, tu le sens bien, tellement impossible... que C'EST IMPOSSIBLE !

— C'était des queues, commissaire ! s'écrie-t-il avec force. Toutes sortes de queues : des longues, des grosses, des tordues, des pointues du bout, des arrondies. La plupart étaient couleur peau morte, sauf quelques-unes qui restaient violacées. Il y avait du sang à l'intérieur des sachets...

— Dis-moi, Riton, as-tu refermé le frigo à clé avant de repartir ?

— Non, j'étais trop affolé. J'ai juste repoussé la porte. Faut dire que je l'avais forcée avec un tournevis extra-fin ; par contre j'ai refermé la porte de la pharmacie.

— Tu as conservé la clé ?

— Oui.

— Cette nuit, tu vas faire rebelote, môme.

— Comment ça ?

— Tu vas retourner au frigo.

— Je pourrais pas, commissaire ! Impossible.

— Avec moi ! ajouté-je.

Ses protestations lui meurent dans le gosier.
— Avec vous ?
Il a un maigre sourire :
— Comme ça, d'accord !

GRANDEUR ET MISÈRE
D'UN COUPLE

En cette saison, ces banlieues campagnardes sentent le chèvrefeuille, la nuit venue. Les roses des jardins tentent de jouer également leur partition, mais ne livrent que des bouffées, de brèves exhalaisons chahutées par les brises capricieuses.

J'ai donné rencard à Riton devant le panneau annonçant le nom de la localité « Vilain-le-Bel ». Et il est là, au clair de lune, Pierrot anxieux au visage blafard creusé d'ombres. Je stoppe ma Maserati à sa hauteur, et il hésite, ne s'attendant pas à voir arriver un perdreau dans une tire de ce calibre. Et puis il me reconnaît et se débat avec la poignée de la lourde.

— Je t'ai fait attendre, petit mec ? lui dis-je.

— Mais non, j'étais en avance. Vous en avez une belle bagnole, commissaire !

— J'aime les tires puissantes, c'est mon luxe.

Il s'installe d'une fesse timide sur le cuir de la banquette. La portière est si massive qu'il doit s'y prendre à deux fois pour la claquer. Je décarre d'une allure de dragueur au Bois. La croix verte de la pharmacie brille à l'autre extrémité de la Grand-rue.

— Et si on se faisait piquer ? murmure le petit frimant ; ça la foutrait mal pour vous, non ?

— Je me suis déjà trouvé dans des situations plus délicates, rassuré-je.

On est déjà arrivés. Dans ce genre d'expédition, l'horloge du clocher ramène toujours sa fraise ; cette nuit, elle ne manque pas à la tradition et virgule un grand coup ample et creux dans la paix villageoise. Il peut être minuit et demi, une heure ou une heure et demie. Tout un chacun roupille à Vilain-le-Bel, ne reste que M. Crépelin, l'instituteur, qui regarde un documentaire extrêmement tardif sur la pêche aux nœuds volants à la télé.

— Tu as la clé, Riton ?

Il me tend un bout de fer assez informe, bricolé à la lime, que j'engage dans la serrure. Ça joue. Petit coup de périscope par acquit de conscience : c'est le désert, y a même pas un chat en rut dans le secteur. On pénètre.

— Guide-moi, enjoins-je.

Ça schlingue bon la pharmacie. Elles ont toujours la même odeur composite, les officines, sur tous les continents, dans tous les pays. Le môme contourne le vaste comptoir-vitrine pour passer dans la réserve où s'étagent d'étroits tiroirs sur les murs. Au fond, à gauche, se trouve un vaste lavabo et, à côté de celui-ci, le réfrigérateur. J'en actionne la poignée. Il n'est pas fermé à clé. En s'ouvrant, la porte déclenche une forte lumière dans l'armoire frigorifique. J'avise une pyramide de sachets de plastique contenant des choses rougeâtres, aux formes allongées. De la chair ! Avec une répugnance indescriptible j'en saisis un pour l'examiner. Puis un second. Derrière moi, à bonne distance, Riton m'interprète un solo de castagnettes avec ses mandibules.

— Tu es certain de les avoir regardées de près, tes biroutes, Ducon ?

Je volte et lui brandis les deux sachets sous le nez. Il recule en poussant un petit cri de frayeur.

— Tu m'as pas dit que la vieille pharmago élevait des chats ? Voilà leur bouffement pour deux ou trois jours ; de la triperie en bas morcifs : du mou, du foie, de la tétine découpés en larges bandes.

Je remets les deux sachets dans le frigo. Claque la porte et sors. Le Riton de mes adorables deux me suit, penaud. On relourde. Je glisse sa clé d'infortune dans ma vague. Il reste indécis sur le trottoir.

— Ben monte ! lui dis-je.

Il reprend sa place de naguère.

— C'est de quel côté le manoir de la mère de Saint-Braque ?

— Tout droit ; au prochain carrefour il faudra prendre à droite.

— Tu sais, je murmure, c'est pas encore demain que tu seras capable d'aller chouraver la réserve d'or des U.S.A. à Fort Knox.

Il reste silencieux. Juste il m'indique la route à prendre, du geste. Je l'amène jusqu'à la grille du parc. A travers des frondaisons, on aperçoit le manoir dans la façade duquel brillent çà et là quelques lumières.

— Salut, gamin ! Fais-toi bien reluire avec ces vieilles névrosées.

Il descend. Juste avant de rabattre la portière, il passe sa petite gueule de loustic dans l'habitacle et lance d'une voix pathétique :

— L'autre nuit, c'était des bites, commissaire ! Des vraies bites, je le jure sur ma vie !

La porte claque et il s'éloigne dans l'allée cavalière du domaine, les mains aux poches, petit voyou humilié.

Ça se passe trois jours plus tard.

C'est la fin de l'aprème et je rentre chez nous à Saint-Cloud. Personne. Sur la table de la cuisine, un billet de Félicie, maintenu par un de ses angles avec un pot de confiture de reines-claudes (tu ne trouveras jamais mieux comme presse-papelards) :

Mon Grand,

On m'a téléphoné tantôt pour m'apprendre

*que tante Clarisse est à l'hôpital de Chambéry
avec une phlébite; comme elle est très âgée et n'a
plus que moi, je pars à son chevet. Si tu as un
peu de temps, occupe-toi de Toinet. Il m'inquiète
depuis quelques jours; je t'expliquerai (je crois
que nous allons devoir nous séparer de Maria).*

*M. Bérurier te cherche, il a téléphoné à trois
reprises.*

*Je reviendrai le plus vite possible. Je t'em-
brasse.*

Ta maman

« Ta maman » !

Les deux mots me réchauffent le cœur. Il y a
tout dans ce « ta maman ». C'est une maison,
c'est à manger, c'est une veilleuse à ton chevet,
c'est une église, c'est Noël, c'est une cassette de
Mozart, c'est le soir qui tombe sur un étang de
chez nous, avec les grenouilles qui réclament,
c'est des croissants chauds. *Ta maman,* si tu ne
le sens pas en plein, si tu ne le vis pas
complètement, t'es qu'une raclure, un éclat de
foutre, de la sous-merde.

Je relis le message. Ensuite je le plie et le
range dans mon portefeuille. Je n'ai jamais jeté
un mot de ma Féloche, fût-il banal comme
« n'oublie pas de passer chez le teinturier » ou
« ramène une baguette avec les journaux ». Ses
babilles, m'man, c'est des talismans, tu
comprends? Ça protège de la guerre, de la
grippe, des salopes, des accidents, des vilains
fantasmes.

Maintenant c'est pas le tout, il faut que je sache où est Toinet. Ma mère partie, il doit se la donner belle, l'apôtre ! Me semble percevoir du bruit à l'étage. Des rires frileux, des gloussements. Je laisse mes tartines au bas de l'escalier et grimpe les marches à pas de loup. Tu me verrais dans un rôle de valet de chambre peu fait pour moi : l'œil au trou de serrure pour filer un coup de périscope dans la piaule du chiare.

Oh ! dis donc, ça vaut le coup de risquer l'orgelet ! Tu sais quoi ? La brune Maria est couchée en travers du lit d'Antoine, les jambons à 90 degrés. Messire Toinet se tient agenouillé entre ceux-ci et pratique une dégustation expresse à la *señorita* larbine. Je déponne brusquement.

— C'est bon ? je demande.

La soubrette referme la double porte de sa salle des fêtes, emprisonnant la tronche du môme. Il se débat pour lutter contre l'asphyxie, mais la fille se trouve tellement perturbée par ce flagrant délit qu'elle en est comme tétanisée. Qu'en désespoir de cause, mon loupiot mord la cuisse de son aimable partenaire. Maria bieurle et dégage sa piste aux étoiles. Antoine est déjà violet.

— Non mais, elle est frappadingue, cette connasse de merde ! exclame-t-il dès qu'il a récupéré suffisamment de souffle pour proférer une phrase de cette véhémence.

Il respire goulûment.

— T'as vu ? me prend-il à témoin.

— Et comment que j'ai vu ! Je te savais précoce, mais à ce point tu fais carrément enfant prodige !

— C'est elle qu'a voulu, plaide Toinet. Elle m'a dit que tu le lui fais et que c'est fameux. Moi, franchement, y a pas de quoi se relever la nuit, hein ! Faut aimer ! Ça a un goût de chlore, comme si elle se briquait le fion à l'eau de Javel. Tu veux que je te dise, grand ? Je crois qu'il faut être vicieux comme les adultes pour apprécier.

— Probablement, admets-je avec mélancolie.

Le gamin proteste :

— T'es vache d'entrer comme ça. J'allais juste la tirer ; mais à présent je vais faire ballon et c'est ta pomme qu'emplâtreras mademoiselle, maintenant qu'elle est cuite à point. Nous autres, les mômes, c'est la veuve poignet avec lâcher de ballon dans les tartisses ! Tu parles d'un gala !

— Mais non, Antoine, qu'est-ce que tu crois ! Finis ce que tu as si bien commencé et pardon de vous avoir dérangés !

Mais là, Maria entre en scène et balance son texte à toute pompe. Elle m'implore de passer l'éponge (c'est le moment !), me jure que sa bonne foi a été surprise. Toinet lui a fait ça au chantage, en menaçant de dire à ma mère que je m'embourbais l'Andalouse. C'est moi qu'elle aime ! Je suis le maître de sa vie. Un, unique, seul, exclusivité absolue ! Son cul m'est réservé totalement. Rien que de penser qu'il existe d'autres queues que la mienne, ça lui flanque la gerbe. Elle va se faire poser un cadenas à la moulasse et j'en conserverai la clé. Tiens, elle ira à Pigalle pour qu'on tatoue mon blaze sur ses cuisses.

Elle pleure, disperse à tout va ses larmes et les barrettes de ses cheveux gras. Y a de la morve dans sa moustache de saint-cyrienne. Elle cloaque du rimmel. Son rouge à lèvres part en dérapage. Elle se repent, se répand, se répond. Me conjure, se traîne à mes pieds : Anne Boleyn demandant sa grâce à ce gros saligaud d'Henri VIII (mais tu penses : un Rosbif !).

Moi, magnanime, j'accorde le pardon imploré (français, tu t'en doutes bien !).

Radieuse derrière ses larmes, elle court se rajuster dans sa chambre. Toinet regarde dandiner le gros cul pâlot et velu.

— Ce qu'elles sont salopes ! murmure-t-il, pénétré brusquement d'une évidence.

— Pas toutes, objecté-je mollement.

— Tu parles ! Bon, moi, il me reste plus qu'à me la mettre sous le bras.

— Tu as fait tes déves ?

— J'en avais pas.

— Appris tes leçons ?

— Je les savais déjà !

— Tu me bourres la caisse, l'ami !

Il hausse les épaules :

— Et même ! Tu trouves que c'est une vie de sortir de l'école pour se respirer une montagne de boulot ? J'ai justement les droits de l'homme à l'ordre du jour, grand. Ah ! ils sont frais ! Le droit de se faire chier pour aller s'inscrire au chômedu à l'arrivée, oui !

— Ça te dirait que je te sorte ? Cinoche, restau ? La big fiesta !

Ses mirettes étincellent.

— T'es chiche ?

— M'man m'a laissé un mot en me demandant de m'occuper de toi.

— Ouais, je l'ai lu. Elle renifle quelque chose à propos de Maria ; l'autre matin, elle m'a surpris avec ma main dans sa culotte. A propos, toi qu'es le patron, tu pourrais pas dire à cette Espingote de mes fesses qu'elle s'achète des slips un peu bandants, qu'on se régale ? T'as vu dans quoi elle s'emmitoufle le joufflu, Antoine ? Chez les Ursulines, elles ont des culottes plus attractives. Faudrait lui faire réviser sa panoplie. Ne serait-ce que pour le standinge de cette maison, merde ! Assurer le service d'un commissaire en portant un oripal en gros coton flasque, faut avoir la cervelle qui se caramélise !

— Puisqu'on sort, on lui en achètera de jolis, Toinet. A froufrous, des noirs.

— J'aimerais qu'elle en eusse un rose avec de la dentelle et fendu par le milieu, paraît que ça existe, la bonne portugaise de mon copain Maïeux en porte. Rien que de la voir remonter sa jupe, il se biche un membre dur comme un manche de pioche !

— On lui offrira également une féerie comme ça, môme. Tu choisiras.

Je me dis qu'elle va virer au proxénétisme, si elle se développe, notre aventure commune avec Maria. Pour un flic, je la fiche mal. Va falloir que je stoppe mes caprices mutins avec elle, que je la laisse tout entière à Toinet qui est en train de faire ses premières armes. A tout prendre, je préfère qu'il s'emplâtre la bonne plutôt qu'une des garnementes de sa classe. Il serait capable de la fiche enceinte.

Le biniou grelotte et c'est Berthe Bérurier. Elle me dit que son homme a formellement besoin de me voir pour une affaire me concernant, si je pourrerais passer chez eux, il va revenir dans pas une heure.

— Comment ! m'écrié-je, vous vous êtes remis ensemble ? (1).

Elle glousse comme un troupeau de dindons.

— Voilions, Antoine, moi et lui, vous savez bien que c'est comme Jacob et Delafon pour les

---

(1) Lire absolument *Valsez, pouffiasses,* œuvre d'une exceptionnelle qualité dans laquelle on voit Alexandre-Benoît quitter sa baleine pour fonder, en compagnie d'une sémillante Canadienne, un institut de sexologie dans sa ferme natale de Saint-Locdu-le-Vieux.

bidets : antisociable ! Hier matin, ce con est venu faire allemande honorable à la maison. Le préfet a ordonné la fermeture d' son institut, comme quoi y s'y passait trop d'bordèlerie, n'en plus, sa Canadienne s'est mallée av'c un industriël normand. Conclusion, M. Dunœud rent' coucouche-panier chez sa légitime et demand' sa rintégration dans la police. V's'étiez d'congé aujord'hui ?

J'évoque la jolie Doris à qui j'ai consacré un déjeuner et l'après-midi. Exquise salope, belle à crever. Un peu chichi mais avec vingt-huit centimètres de braque bien placés, ça s'arrange.

— Oui, Berthe, j'étais de congé.

Elle pouffe :

— Y en a une qu'a dû l'avoir belle, je parille, Antoine ?

— Belle et vaselinée, Berthe, ce qui la rend pimpante comme un jouet suisse.

— J'm'en doute, grand polisson ! C'qu' j'eusse aimé être là de visu !

— Vous n'avez pas à vous plaindre avec le phénomène qui vous a épousée, chère amie. Alexandre-Benoît a la queue du siècle, c'est de notoriété publique.

— J'vous dis pas, Antoine. Question dimension, on peut pas d'mander plus ou alors on s'fait éclater la moniche. Mais y a pas qu'la taille qu'importe ! La manière d's'en servir a coefficient quatre dans les figures libres, non ? Voiliez-vous, vot' répute à vous, c'est la grande technique. Paraît qu' vos enfilades c'est du grand art !

— D'où tenez-vous cette flatteuse information, ma bonne ?

— Elle est de notarié publique, elle aussi. J'm'ai laissé dire qu'une séance de baise av'c vous, Antoine, c'est plus beau qu'Venise. J'sais plus quelle pécore qu'v's'aviez tirée m'a raconté vos passes de cape, j'ai été obligée d'changer d'culotte tell'ment qu' j'm'y croiliais.

Comme tu vois, un dialogue avec Berthe Bérurier est toujours intéressant et fait avancer le progrès. La qualité de ses considérations, la clarté de ses aperçus, son sens inné de la vie font de ses moindres propos un enchantement délicat.

— Il ne faut rien sublimer, calmé-je le jeu ; il arrive qu'on soit en verve avec certaines partenaires dont la sensualité correspond à la vôtre...

Elle place l'estocade :

— Moi et vous, commissaire, j'sus certain qu'on s'recevrerait cinq su' cinq. Si j'vous avouais qu'je fantômasse à propos de vot' sujet. L'aut' nuit, j'ai rêvé que vous me broutiez la babasse ; j'ai tant tell'ment gueulé d'plaisir qu' ça a réveillé M'sieur Merlin, not' crémier, que la femme est en vacances et dont j'ai un faible à cause d'sa moustache. A quatre heures du matin y a fallu qu'y m'baratte l'trésor, j'y t'nais plus. Quand l'amour m'empare, Antoine, j'sus

capab' d'm'enquiller un magnum d'champ' dans
l'endroit frivole, si j'vous direrais !

— Voilà qui est bon à savoir, ma chère
Berthe. Le jour où j'aurai besoin d'une planque
sûre pour ma Maserati, je ferai appel à vous !

Elle s'éclate :

— V's'êtes un grand coquin, Antoine. La vie
est mal faite, c'est vous que j'aurerais dû
épouser, et non pas ce porc de Bérurier qu'est
un goujat et un répugnant personnage. Si j'vous
direrais qu'y m'gêne, par moments ! C'est pas
l'genre d'mari qui met sa femme en valeur, si
vous voiliez ce dont je dis ? C'qu'il a, c'est qu'il
a pas d'éducation. Bon, il est revenu, j'accepte.
Mais faudra qu'il s'attendisse à des représaille-
ries. On m'abandonne pas comme un vieux slip
pour r'viendre la bouche en cœur comme quoi
« elle m'a plaqué, j'rent' ». J'peux vous jurer
qu'il va trouver comme un défaut dans nos
nouvelles relations, commissaire. Et s'mett' la
tringle, question tringle ! Dites, j'ai pris des
habitudes, moi, pendant la récré d'môssieur.
J'attends pas après sa pine d'âne pour m'faire
reluire, j'regrette !

Je l'écoute vindicater en songeant qu'il n'y a
pas de raison pour que sa délirade ne dure pas
le temps de ce bouquin. Je pourrais te communiquer les réflexions de la Baleine intégrale-
ment et tituler le *book* : « Les stances de
Berthaga », ça se vendrait. Je perçois un coup
de sonnette dans l'apparte des deux monstres.

— Vous permettez, dit Berthe, y a quéqu'un à la porte, c'est p't'êt' ce gros sac qu'a oublil-lellé ses clés.

Elle abandonne le combiné. Je perçois un bruit de converse. Puis elle revient en ligne :

— Non, dit-elle, c'est Germain Pilon, le locataire du dessus qui vient se faire faire un' p'tite pipe en voisin. J'en ai pour deux minutes car il fait de la gesticulation précoce. C'soir, c'est leur annif d'mariage, sa femme et lui, et y voudrait la niquer après s'êt' fait essorer l'intime prélavablement. Y a qu' comme ça qu'y peut t'nir la distance, l'pauv' biquet. Installez-vous dans l'fauteuil, Germain, et déballez vot' bigorneau, j'sus t'à vous dans une instant.

Berthe baisse le ton et me confie :

— J'voudrais qu'vous vissiez la zézette à m'sieur Pilon, Antoine : il l'a en tire-bouchon ! La crise ! On a l'impression de pomper une hélice ! Mais qu'est-ce y m'fait, là ! Non, non ! Masturbez-vous pas, Germain, v's'allez tout m'saloper mon tapis qui rent' du nettoilliage d'à la suite d'Alfred qu'avait dégueulé dessus. Les tapis, c'est comme les gens : y en a qu'ont pas d'chance. Çui-là, y dérouille sans arrêt ; quand c'est pas une tasse d'café ou du foutre, c'est la blanquette d'veau ou les andouillettes ! J'passe ma vie à l'frotter à l'eau écarlate ! C'est dommage, une pièce d'cette rareté qu'on avait gagnée dans une tombola, à nos débuts, Sandre et moi. Persan authentique, on l'a fait mésestimer un jour par un espert. Bon, Antoine, faut que j'vais vous laisser, M. Pilon s'impatiente du membre et y va m'causer du grabuge. L'plus simpliste c'est qu'vous viendriez : l'temps d'arriver d'Saint-Cloud, Béru s'ra de r'tour. J'sais pas c'qui vous veuille, mais c'est très grave. J'vous embrasse.

Cling !

Ouf !

Antoine qui attend la fin de ce morceau d'anthologie, assis à califourchon sur une chaise, les bras croisés, ricane :

— C'te grosse vachasse, tu l'empêches de dormir ! Elle voudrait te violer tout cru, grand. Avec elle, c'est plus de la baise, c'est de la spéléogie ! Elle doit avoir des peintures rupestres dans la moulasse !

— Dis donc, t'es savant, Toinet : rupestre, c'est pas du langage courant !

— On vient de l'étudier, grand ; tu vois que je ne suis pas si ignare que tu crois !

Il est impressionnant, le petit étalon !

Lorsque nous nous présentons sur le paillasson des Bérurier, un vacarme issu de leur logement fait résonner la cage d'escadrin.

Des cris, des bris ! Les seconds ponctuant les premiers. L'ensemble est assez rythmé :

— Fumière !

Bloing !

— Pourri !

Crac !

— Pute morte !

Boum !

— Saligaud de sa mère !

Floc !

— Merderie en flaque !

Vraoum !

— Baquet de merde !

Tchloc !

— Pertes blanches !

Dziou !

— Cocu cocu !

Pif !

— Morue tournée !

Dinggg !

— Crème de gland !

Raousse !

— Connasse pleine de foin !

Paf !

Et alors, le texte se développe, le débit s'accélère. On ne casse plus, on hurle !

— T'es un pourceau plein de pus, nourri d'colombins ! Une pompe à vidange qui déborde ! Un paquet de boyaux décomposés ! Une fosse à trous du cul ! De la vérole raclée ! Du dégobillage de chien malade. Une bite rance ! Un paf en pleine blenno ! Un sac bourré d'hémorroïdes de pédés ! T'es un vieux lavement d'occasion, Béru ! Une bassine remplie de capotes anglaises usagées ! T'es une tarte aux furoncles ! Un crapaud vérolé ! T'es plein de pets au cassoulet gâté ! Tu rotes le civet de lièvre chié !

« Quand tu baises, t'as l'air d'un camion-citerne qui se vide ! Tu fouettes si tellement qu'avec toi, les fleurs sentent la fosse à purin ! Quand j'te regarde, j'ai honte de mes yeux ! Quand tu passes, ça laisse des traces comme de transporter des poubelles. S'réveiller dans un plumard à côté de toi, c'est comme si on ferait un cauchemar. Les petits enfants pas sages, on leur montre ta photo pour les punir ! Qu'un êt' de ton acabit existe, c'est pire qu'une épidémie d'vérole dégoulinante. Tu suintes de partout ! T'es couvert d'moisissures ! Tu ressemb' à un chancre pas sec ! La différence ent' toi et un cochon crevant d'indigestion, y en a pas. Je t'hais. Te gerbe à n'en plus finir ! Te cague sur la gueule ! Je crache sur ta chopine d'âne qu'on sait jamais d'où elle sort ! En t'voiliant, y me vient des abcès jusqu' dans la chatte ! Si j'aurais encore d'la religion, j'irais m'confesser de t'avoir causé.

« Faudrait qu'on t'pende par les couilles ! Qu'on t'ouve le bide en grand, laisser partir l'plus gros ! Qu'on t'arrache les yeux av'c des fourchettes à huîtres. L'jour qu'ton vieux t'a concevu, il aurait dû embroquer ta mère par le pot ; sûrement qu'il l'a fait d'alieurs, parce qu't'es pas un homme, mais un étron ! Moi, reviv' avec cette infamure ? Je préférerais entrer au couvent, m'faire nonne et brouter la supérieure ! Tu vas refout' ton camp aussitôt autrement sinon c'est moi qui fous le mien ! C'est comprille ? Mais qu'est-ce y l'arrive, à ce con ! Y s'marre ! Tu t'marres, sac à merde ? »

Enfin la voix de Bérurier, rassérénée, calme, douce comme le vent du soir dans la haie de noisetiers :

— T'sais qu't'es belle quand t'es en renaud, la Grosse ? T'sais qu't'es pouète aussi ? Toutes ces choses que tu balances, tu les écriverais, on les enseignererait dans les écoles. C'est vache-ment bien tourné ! T'as d'ces comparaisons : « tarte aux furoncles », « tu rotes l'civet d'lièvre chié ». C'est bien observé ! C'est beau ! Ça sonne juste. Tu croirerais du Victor Hugo ! J'en ai les larmes aux yeux, Berthy ! Une femme comme toi : faut-il qu'j'soye con pour lu faire du contre-carre.

« Allons, ma gazelle, on enterre la vache de guerre. Fais-moi confiance, on va s'retrouver une vitesse de croisière pépère. T'auras droit à la féerie d'Versailles : les Grandes Eaux, le feu d'artifice ! Une bonne chibrée au bord du pieu, pour démarrer le programme ! Façon uhlan de la quatorze en train de fourrer nos fermières de l'est. Le grand tonitruage dans les jambons ! Tiens, si t'as d'la vaseline, je te pratique l'œil de bronze, comme jadis ! S'l'ment tu pourras plus t'asseoir au restau qu'je vais t'emmener ensute. Non, l'œil de bronze, ça sera au retour, comme ça t'auras la nuit pour te dédolorer l'pétrus.

« Qu'est-ce tu penses du programme, Baby ?
C'est pas joyce ? Plus must qu'au Clube Medi-
terranée ? Quand j't'aurai célébré nos r'trouvailles, tu pourras plus t'installer ailleurs qu'su'
ton bidet ! Ou dans d'la Chantilly ! Ta case
trésor ressemblerera à un four à micro-ondes.

« T'as pas entendu sonner ? Oui, hein ? Tu
vas ouvrerir ? Qu'est-ce tu dis ? Que j'peux aller
me faire mettre ! Bon, j'y vais. Mais sors un peu
les aérofreins, la mère, que sinon, moi aussi la
colère me biche et je te décape la frime au sirop
de phalanges. Faut pas m'courir su' la bite trop
longtemps, la vieille. J'tolère pas qu'une Carabosse de deux cents kilos vinsse m'sonober. Un
moment, ça va, juste pour l'agrément d'la
chose ; mais trop c'est trop. Avant de chiquer
les princesses outragegées, on s'regarde dans
une glace.

« Tu veux qu'j't'emmène devant not'
armoire, dis, vachasse ? Ta bouille, on dirait
une tête de veau trop bouillie. T'as tellement
d'valoches sous les carreaux qu'on s'croirait à la
livraison des bagages d'Orly Sud ! T'as la viande
si tellement molle que quand j't'embrasse sur
les joues, ça laisse un rond pou' l'restant d'la
journée ! Et tes nichons, t'sais où ils en sont ?
Tu dirais qu'on envoye deux sacs de farine aux
pays sous-développés ! Ça fait vingt ans qu'ton
tour d'taille a été remplacé par une montgol-
fière ! Quant à ton cul, y m'fait penser au
régiment, quand c'est qu'on empilait nos sacs à

dos dans la gare avant d'choper l'dur ! Pour
t'grimper, dans c't'état, faut vraiment ma santé
et qu'j'pense fort au dernier poster de *Lui*.

« Alors tu vas aller délourder, et au trot,
grosse salope ! Qu'aut'ment sinon, j't'va montrer qu'est-ce qui pisse encore su l'évier dans
c'te taule ! Si tu t'croives av'c des gugusses
comme Alfred ou comme Germain Pilon, l'voisin du dessus qu'j't'ai surpris à pomper sa bite
de misère, là tu t'goures, fillette. Faut pas
confond' le taureau d'avec le sapajou, c'est pas
l'même membre qui fonctionne ! »

C'est ainsi que Berthe Bérurier vint nous
ouvrir la porte.

LA MOISSON DES TÊTES DE NŒUDS

Les hommes changent par paliers. On reste sans les voir un certain temps, et on les retrouve modifiés. Tantôt en bien, souvent en mal. Oui, surtout en mal.

Le Gros, ça fait deux mois que je ne l'ai pas rencontré et j'ai l'heureuse surprise de le retrouver rajeuni. Il ne correspond absolument pas au portrait excessif que vient d'en brosser l'irascible Berthe. Quelque chose de primesautier donne du pep à son personnage. Que peut-il bien avoir de différent ?

Je dresse une rapide check-list. Son poids ? Inchangé (il est à fond de plancher). Sa vêture ? Peut-être comporte-t-elle une certaine recherche… La veste de cachemire bleu marine en jette, malgré la poche droite déchirée, l'absence des boutons et la longue traînée de mayonnaise ornant le revers gauche ; le pantalon marron qui l'escorte décrit des poches aux genoux et se trouve élimé du bas, la tirette de sa fermeture

Eclair s'arrêtant à mi-course. Il porte un T-shirt blanc au centre duquel s'étale une pomme rouge soulignée de cette profession de foi (pour Béru : de foie) : « *I love New York* ». Non, rien de fondamental dans l'accoutrement. Alors ?

C'est Toinet qui éclaire ma lanterne sourde :

— Tiens, tu as fait pousser tes cheveux, oncle Béru ?

Je hisse mon regard. Mais bon Dieu, c'est bien sûr ! Voilà qu'il porte une moumoute, le Gravos. Oh ! pas la chevelure de Jean-Michel Jarre, mais une sorte de calotte juive en poils, destinée à masquer sa calvitie. Il n'en reste pas moins que le ridicule élément change quelque peu l'aspect de sa physionomie. Il le rend encore plus grotesque, certes, mais aussi plus jeune.

— Parlez-moi z'en pas ! s'exclame Berthe. Môssieur Ducon joue les minets d'puis qu'il a tété avec sa salope d'Canadienne ! Y s'croive Julot Iglésias ! Ou bien le beau mec qui joue dans *Santa Barbara,* j'me rappelle plus son nom.

Bérurier s'explique :

— J'ai dû m'arrangeger un peu pour donner mes cours d'éducation sensuelle ; comme tout le monde trouve que ça me va bien, je garde ma moumoute et j'emmerde ceux que ça déplaît, au b'soin j'les encule, même s'ils ont l'fion pas assez large !

— C'est pour moi qu'tu dis ça? glapit la
baleine parlante.

— Non, répond le Gros. Toi, tu l'as assez
large, j'sais. C'est entrée lib' dans ton prose, la
mère! Tu peux t'lancer dans l'self-service.
L'dernier tube d'vas'line que t'as eu d'besoin,
ça remonte d'avant ta première communion.

J'ai l'impression que la reprise de leur vie
commune est difficile, aux Bérurier. Cahoti-
que! Ils vont avoir du mal à mettre sur ses rails
le train-train du foyer!

Berthy m'atémoigne :

— J'peux vous faire remarquer la goujaterie
du bonhomme, commissaire? Vous trouvez
qu'c'est aimab' un gros con qui rentre à la tome
après vous avoir salement abandonnée pour
une pute et qui, au lieu d'un bouquet de fleurs,
vous offre des sargasses à n'en plus finir et casse
tout dans la maison?

Elle désigne un monçal (des monceaux) de
verres et de porcelaines brisés, dont un délicat
petit chat noir aux yeux verts.

— Allons, allons, mes amis! sermonné-je,
vous êtes des gens intelligents et pleins de cœur.
Cessez de vous harceler et retrouvez cette
harmonie dans vos rapports qui était un exem-
ple pour tous. On citait votre couple aux
adolescents. Tout le monde vous enviait! Vous
étiez l'une des clés de voûte de la société
actuelle. Quand vous déambuliez dans les rues,
bras dessus, bras dessous, les gens se retour-

naient pour vous suivre d'un regard envieux, et
certains pleuraient d'émotion devant la beauté
de cette union. Ne dépensez pas en vaines
rancœurs et en ironies faciles un amour indélé-
bile, en comparaison duquel celui de Roméo et
Juliette n'est qu'un flirt de boîte de nuit !
Poursuivez hardiment cette idylle édifiante que
consacra votre mariage. Aimez-vous et soyez
heureux !

Bourdaloue !

Bossuet !

Frédéric Mitterrand !

Ils m'écoutent, la bouche béante. Lorsque je
me tais, ils éclatent en sanglots et tombent dans
les bras l'un de l'autre.

Toinet, que cette scène trémolante agace, me
demande tout à trac et à foutrac :

— Tu sais ce que c'est qu'un chaenichthys ?

— Un quoi ?

— Un chaenichthys ?

— Non, de quoi s'agit-il ?

Bérurier déclare, à travers son émotion :

— C'est un poisson des mers froides qui n'a
pas de globules rouges !

Et puis il roule une galoche princière à sa
rombière.

— Gagné ! admet Toinet, dépité.

— Comment sais-tu cela ? demandé-je au
garnement.

— Hier soir, je vérifiais si le mot « chibre »
figure dans le dico et j'sus tombé sur chae-

nichthys ; je l'ai trouvé intéressant. Du coup, j'sais pas si chibre s'y trouve.

Le couple se désunit enfin. C'est beau, des mammifères. Ça m'aurait fait chier d'être un poisson ou un reptile.

Le Gros et la Grosse sont haletants de leur farouche baiser. Ils ont le sensoriel en émoi. Dès que nous aurons vidé les lieux, le mouflet et moi, ce sera fête dans les calbutes.

— Tu voulais absolument me voir, Alexandre-Benoît ?

— Moi ?

Il est encore chaviré, le tendre amant. Et puis, ça lui revient.

— Oh ! oui. M'agine-toi que pendant que je me trouvais à la Grande Taule, une gonzesse est venue te demander avec insistance. Genre cho-chotte guindée, crâneuse un brin, le côté « baron, vot' bite a un goût ».

Pourquoi la description évoque-t-elle aussitôt dans mon esprit Francine de Saint-Braque, celle qui s'occupe de la rédemption des jeunes anciens détenus ? Parce qu'elle est évocatrice, tu crois ?

Je murmure :

— Francine de Saint-Braque ?

— Textuel. Tu vois de qui est-ce j'cause ?

— Que me voulait-elle ?

— Une sale histoire, Sana, vient d'arriver dans le parc d'son château. Elle s'occupe de jeunes déglingués à c'qu'elle raconte.

— Elle s'en occupe tout à fait, assuré-je. Et alors ?

— Y en a un qui s'est fait buter.

— Un dénommé Riton ?

— Textuel ! T'es au courant ?

— Je suis l'homme qui précède l'événement, tu sais bien ! Il est mort comment, le petit Riton ?

— On lui a cigogné la gargane au rasoir, dans un labyrinthe de buis.

— Voyez-vous ça !

— C'est pas tout. On y a aussi coupé le paf au ras du bide : le chibre et les roustons, tout le pacsif !

Berthe crie à l'horreur et emporte Toinet « en » cuisine, lui servir une tranche de tarte tatin, que ces histoires sauvages ne sont pas écoutables par les enfants !

Là, j'ai les cannes fauchagas ! Je revois le jeune Riton avec sa frime d'ange-voyou, sa démarche souple, ses longs cheveux ondulés. Et sa drôle d'expression, butée et pathétique quand il m'a lancé dans ma tire, avant de se casser : « L'autre nuit, c'était des bites, commissaire. De vraies bites ! Je le jure sur ma vie ! » Peut-être est-il mort de mon incrédulité ?

— C'est arrivé quand ? questionné-je.

— On a dû le repasser dans la nuit. C'est le jardinier qui a découvert le cadavre au matin. La gonzesse de Saint-Trucmuche a refusé d'appeler la police du coinsteau. Elle veut que ça soye toi qui s'en occupes, comme quoi t'as tous les éléments et qu'c'est pas la peine de four-voyer les collègues des Yvelines sur une affaire qu'elle aura du mal à leur expliquer.

C'est un peu gonflé de sa part, Francine, pourtant je comprends assez sa réaction.

— Allons-y dis-je. Tu m'accompagnes ?

— Et comment. J'sus tout neuf, pour ainsi dire, Sana. Et j'pète le feu !

— Berthe peut s'occuper de Toinet ? Je lui avais promis le cinoche, mais compte tenu des circonstances...

— Elle l'y mènerera, assure le Mastar ; elle adore les enfants.

— Au fait, où est le vôtre ? m'enquis-je.

— En nourrice à la campagne. Elle voulait plus l'garder du temps de ma carapate. Y lu rappelait trop moi. C't'une sentimentale, on n'y peut rien !

Le manoir est en briques. Il est flanqué d'une tour ronde à un angle, d'une autre, carrée, sur l'arrière. Une gigantesque glycine envahit la façade. Un escalier à double révolution, avec rampe de fer forgé, mène au porche de style bricolo-gothique-Napoléon III. Un vaste terre-plein, semé de graviers qui giclent sous les pneus de ma Maserati, est entouré de jardi-nières peintes en vert qui laissent exubérer des gérania aux pimpantes couleurs.

Je suis attendu car, à peine mettons-nous

pied à terre, que Mlle de Saint-Braque surgit.
Elle porte un jean usagé et un gros pull rouge.
Elle est très pâle, d'autant plus qu'elle n'a
aucun maquillage.

Tandis qu'elle descend à ma rencontre,
j'aperçois des visages à l'affût derrière les
fenêtres. Frimes d'hommes et de femmes bour-
relées d'inquiétude.

La dame-seigneur me tend sa main sèche
comme une patte de poule et tout aussi griffue.

— C'est vraiment très gentil de vous déran-
ger en personne, monsieur le commissaire.

Je regarde ma tocante.

— A quelle heure a-t-on découvert le corps ?
demandé-je.

— Vers neuf heures du matin.

— Et il est dix-huit heures ! Vous êtes donc
restée neuf heures avec un cadavre dans votre
propriété sans alerter les autorités ! Vous
comprenez bien que c'est un délit, mademoiselle de Saint-Braque ?

— Dès qu'on a trouvé ce malheureux Riton,
je vous ai téléphoné, commissaire ! Vous étiez
absent. J'ai réitéré mon appel toutes les demi-
heures ; ensuite, de guerre lasse, je me suis
rendue à votre bureau où je suis tombée sur
monsieur, ici présent. Si Riton n'avait pas subi
cette affreuse mutilation, j'aurais prévenu la
gendarmerie du coin, mais cet épouvantable
détail donnait un sens à son assassinat que vous

seul pouviez comprendre étant donné ce qui a précédé.

Je hausse les épaules.

— Il faudra différer l'heure de la macabre trouvaille dans vos déclarations, sinon vous risquez de gros ennuis. Votre jardinier sera capable de bien mentir ?

— Espérons-le.

A cet instant, un homme grand, au cheveu très plat, portant un costar dont la coupe date d'avant-guerre et une chemise blanche à col cassé descend noblement le perron. Il est altier, un peu dindonnesque. Il a un énorme nez crochu, louche légèrement et sa bouche aux lèvres extra-minces paraît faite pour énoncer des sentences.

— Gonzague de Vatefaire, se présente-t-il. Je suis le cousin germain de Francine. Je vous présente mes devoirs, monsieur le commissaire. Ma parente m'a demandé de venir l'assister en cette cruelle circonstance et je...

Un raseur ! Un qui s'écoute et ne s'en lasse pas ! Il m'est, d'entrée de jeu, antipathique.

— Vous aimez les westerns ? coupé-je.

Là, il reste le clape entrebâillé, sidéré.

— Pourquoi ? balbutie-t-il.

— Pour rien, comme ça.

Toujours est-il que j'ai obtenu le résultat escompté : il la boucle.

— Où est le corps ? demandé-je à Francine.

— Nous l'avons laissé sur place avec une bâche par-dessus.

— Très bien. Vous nous montrez ?

On la suit le long d'une allée qui débouche dans une espèce de clairière où l'on a composé jadis un labyrinthe avec des buis. Les arbustes ne sont plus taillés depuis lurette et les méandres vicieux du parcours initial se trouvent obstrués par endroits. L'hôtesse nous guide vers le centre du labyrinthe, par une espèce de sente sauvage qui démystifie l'élaboration savante du tracé.

Une bâche grise, usagée, est étalée sur un rectangle d'herbes folles, recouvrant un volume caractéristique.

Béru arrache la toile et je retrouve le pauvre gars Riton, couché de biais, exsangue, la gorge proprement tailladée par un meurtrier expérimenté qui n'a pas dû s'y prendre à plusieurs fois pour lui couper le corgnolon. La veine jugulaire sectionnée, il a continué de trancher les chairs. Une nappe de sang, en partie bue par le sol humide, s'étale sous le cadavre. Il a le pantalon à demi baissé, le slip idem, juste pour lui dégager les bijoux de famille (en anglais *jewel's family*). Là, le sale boulot a été pratiqué en dépit du bon sang. Sans doute, le meurtrier a-t-il été dérangé et a-t-il bâclé le « travail ».

Riton, vilainement transformé en gonzesse, a maintenant un trou aux lèvres déchiquetées à la place de son panais.

Je ne puis lire son expression, car il a les yeux clos.

Des sanglots secs secouent la poitrine plate de Francine.

— Ce cher petit, chougne-t-elle, c'est épouvantable !

Le cousin qui a ramené son grand pif de toucan tout con, croit opportun de dire :

— Et chez vous, ma bonne ! Dans votre demeure de famille ! Vous mesurez le scandale ? Qu'aviez-vous besoin de jouer les sœurs de la rédemption avec ces voyous !

Tandis qu'il admoneste sa parente, je me suis agenouillé sur la bâche pour étudier le mort et les environs. Sans avoir les qualités d'un médecin légiste, je détecte un coup sur la nuque. On a dû l'estourbir dans un premier temps avant de lui décacheter la carotide. J'ai l'impression qu'il avait rencard dans le labyrinthe avec son meurtrier. Ce dernier s'y trouvait avant lui. Quand il s'est pointé, le vilain l'a assaisonné sec, ensuite il lui a tranché le gosier, puis les burnes.

J'aperçois quelques pièces de mornifle dans l'herbe. Elles sont vraisemblablement tombées de la poche de Riton. Il porte un pantalon de velours côtelé dans les tons verdâtres, une chemise en lin noire et une sorte de gilet taillé dans de la toile de jean. C'est probablement du gilet qu'ont chû les pièces de monnaie.

Je fouille les fringues du pauvre garçon. Dans sa poche revolver, je trouve un vieux porte-

brèmes avec sa carte d'identité, une image de
première communion, quelques tickets de
R.E.R. Dans le pantalon, un couteau de poche
à plusieurs lames, deux biftons de cent pions,
un de cinquante et trois pièces de dix balles.
C'est tout.

— Quand l'a-t-on vu pour la dernière fois ?
demandé-je à Francine de Saint-Braque.

— Hier au soir ; après la télévision, lorsque
chacun est allé se coucher.

— Quelle heure ?

— Aux alentours de minuit.

— La séance de télé, c'était du direct ou de
la vidéo ?

— Pourquoi ?

— Réponse ?

— De la vidéo.

— Un film porno ?

— Mais, commissaire...

— Il y a eu partouze comme tous les soirs ?

Là, le cousin se croit obligé de pèrenobler :

— Monsieur ! Vous outrepassez vos droits !

— Pas encore, réponds-je. Quand je t'aurai
mis au bouc le crochet qui me démange les
phalanges, alors là, oui, je commencerai de les
outrepasser, mais jusqu'alors, tout baigne !

Béru m'adresse un petit signe. Je le suis à
l'écart. Il me tend sa dextre ouverte, épanouie
comme un dahlia.

— Vise ce que je viens de trouver dans les
buis.

Il s'agit d'un tube de rouge à lèvres d'une marque réputée.

— Bouge pas, Gros !

J'extrais mon porte-cartes, lequel comporte plusieurs volets de plexiglas, écarte les lèvres de l'un d'eux et demande au Mammouth d'y placer le tube. Ainsi, outre la propriétaire dudit, l'objet ne comportera que les empreintes de Sa Grassouillette Majesté. Inutile d'y juxtaposer les miennes.

— Rentrez au château ! enjoins-je aux deux cousins, et envoyez-moi le jardinier qui a découvert le crime.

Ils se taillent d'un air gourmé.

— Qu'est-ce tu penses ? soupire Béru en désignant le pauvre garçon « émascugorgé ».

— Rien encore, admets-je loyalement.

— Pourquoi que t'as parlé de partouzes ?

— Parce que cette châtelaine vole au secours des jeunes délinquants libérés pour se les goinfrer en compagnie de quelques salopes de son espèce.

— Et l'cousin dans tout ça ?

— Il doit y trouver son compte, je présume. Il a une gueule de voyeur qui ne me revient pas.

— Tu croives qu'c't'un assassinat d'sadique ?

— Probable.

J'examine minutieusement les alentours. Un carnage pareil n'a pas pu être perpétré sans que le ou les meurtriers n'en portent les traces. Effectivement, nous trouvons des traînées sanglantes dans le labyrinthe. Elles s'espacent en direction d'une brèche qu'un éboulement déjà ancien a ménagée dans le mur d'enceinte. Il semblerait donc que, le meurtre accompli, son auteur soit sorti de la propriété.

En emportant l'appareil génital de Riton !

Dans une pochette de plastique, je suppose ? Une poche identique à celles qui se trouvent dans le réfrigérateur de la pharmacie ?

Ça veut dire quoi, ce bigntz ? Crime de fou sanguinaire, ou rituel ?

— Vois m'avez demandé, messieurs ?

Le jardinoche. Un vieux crabe chenu, tordu comme un cep, chauve. Il tient son vieux béret à la main. Tablier bleu, pantalon de velours, galoches. Tu voudrais le faire jouer dans un film d'avant-guerre, y aurait rien à changer. Suffirait de maquiller sa face blême. Son menton s'est rapproché de son pif depuis qu'il a semé ses ratiches le long des allées, au fil du temps. Il fait un peu casse-noisettes. S'il a pas nonante ans c'est que son papa a attendu qu'il revienne du régiment avant d'aller le déclarer à l'état civil.

Il murmure :

— Je suis Emile Mondragon, le jardinier.

Je lui en presse cinq avec sympathie. Ce faisant, c'est la France immortelle et profonde que je salue.

— C'est donc vous qui avez découvert le cadavre de ce garçon, monsieur Emile ?

— Hélas !

Il a le regard naturellement larmoyant, si bien qu'on ne peut dire si c'est un excès d'émotion qui perle à ses cils mités ou l'effet de sa conjonctivite.

— Ce labyrinthe est à l'abandon, poursuis-je, comment se fait-il que vous y soyez venu ce matin ?

— A cause des corbeaux, chevrote le bonhomme.

— C'est-à-dire ?

— Ils tournaient en rond en croassant. J'ai compris qu'il y avait quelque chose d'anormal.

Un homme de la nature sait lire des signes que ne peuvent interpréter les amoindris de la ville.

— Et alors vous avez découvert le cadavre ?

— Comme je n'y vois pas bien de mes yeux, sur le moment j'ai cru qu'il s'était couché sur la mousse. C'est seulement quand je me suis approché !

Il secoue la tête.

— Une abomination pareille ! Je savais bien qu'en recevant tous ces gredins, Mademoiselle s'exposait à de gros ennuis. Je me disais qu'un jour ou l'autre, il y aurait du grabuge au château. Des vols, ça, on en a déjà connu, mais je m'attendais à pire et j'ai eu raison.

— Ça se passait mal, la vie de groupe ?

Il maugrée, ravale des sarcasmes. Il est au courant de beaucoup de choses et réprouve dur, Milou ! S'il ne travaillait pas pour les Saint-

Braque depuis soixante ans et mèche, il aurait déjà pris ses cliques et ses claques, mais il est ligoté au domaine par des liens indissolubles.

— Je ne compte plus les bagarres, mon pauvre monsieur ! Ni les sottises en tout genre. Combien de fois l'un de ces voyous a emprunté la Mercedes ou la Mini sans prévenir ! Certains sont allés jusqu'à vendre le poste de télé ou la vidéo ! Ah ! il ne fait pas bon laisser traîner ses bijoux. Si je vous disais : mon vieux Solex ! Envolé !

— Mademoiselle a des compensations, ricané-je.

Il mord l'alluse et détourne les yeux. Il soupire :

— Elles sont toutes pareilles dans cette famille : de mère en fille ! Une sorte de maladie des sens. Un besoin de « s'éclater » comme on dit à présent. Si elles ne font pas des folies de leur corps, elles tombent malades. Ah ! les mâles n'ont pas la vie belle chez les Saint-Braque ! Heureusement que la dernière ne s'est pas mariée.

Je montre le cadavre de Riton.

— Selon vous, c'est quoi, ce forfait ? Une vengeance ? L'un des copains qui a usé de représailles ?

Le père Mondragon redresse sa vieille carcasse.

— Oh ! non ! Tout de même. Ce ne sont pas des assassins ces gosses. La castagne, oui, mais un meurtre pareil, avec cette crauté, ce sadisme, pensez-vous ! C'est quelqu'un de l'extérieur !

— Si vous trouvez une paire de couilles, au château, vous saurez à qui elle appartient, dis-je.

Ils sont rangés, debout dans le grand salon. Quatre mecs pas si antipathiques que ça. Un beur, un rouquin, deux crevards aux frites de tubars. On dirait qu'ils portent un uniforme : jean, gros pull marin, baskets. L'air emmerdés et craintifs. Pas confortables dans leur viande, en ce moment. De plus, ils chocottent. Ne savent ce qui va découler de ce drame ; comprennent que ça ne peut pas être très fameux pour leur avenir immédiat. Y a des séparations qui se profilent, paraissent inévitables. Je leur demande leurs blazes, les peines qu'ils viennent de purger et ce qui les a motivées. Dans l'ensemble c'est vol dans les grandes surfaces, chouravage de bagnoles, agression de chauffeurs de taxi ou de pompistes. Mais petit voyou deviendra forban si Dieu lui prête vie.

Je me laisse tomber sur un canapé ravagé. Le grand salon des Saint-Braque part un tantisoit en brioche. M'est avis que la Francine devrait profiter de la présence de ces chenapans pour les faire repeindre les pièces, lesquelles s'abandonnent un peu trop. Le domaine va au naufrage.

Je regarde les quatre locdus à tour de rôle :

— Y a un couac dans la vie de château, les mecs ! leur dis-je. J'entrevois des ennuis à grand spectacle pour vos pommes.

Le Rouquemoute dit, avec un regard en pas de vis :

— On n'a rien fait.

— Tu te figures que ce genre de déclaration va nous suffire, Ducon ?

— Ben, on peut pas dire autre chose, puisque c'est la vérité ! objecte le dessalé.

Béru ne résiste pas et lui allonge une mandale qui le couche au milieu du salon.

— Je veux d'la politesse ! déclare mon pote.

Le beur renaude :

— Où avez-vous pris qu'on vous manquait de respect ?

Nouvelle tarte aux myrtilles qui enflamme sa pommette.

— J'ai dit du calme ! gronde Bérurier. L'commissaire vous pose des questions, et tout c'qu'est pas la réponse est d'trop, comprenez-vous-t-il ?

Je laisse aller le Mammouth à ses instincts. Plusieurs mois sans policer, il est en manque. A besoin de se reforger une psychologie.

— Les gars, reprends-je, si Riton est allé se faire repasser dans le labyrinthe, c'est qu'il y avait rencard ; pas besoin de sortir de l'E.N.A. pour piger la vérité. Ce rembour, il en a fatalement parlé à l'un de vous quatre. Juste ?

Les petites frappes restent indécis.

— Toi ! fais-je à l'un d'eux. Que t'a-t-il dit ?

— Rien, m'sieur.

— Vous avez chacun votre chambre, ici ?

— Non : on couche trois et deux, rétorque le Rouillé.

— Qui pieutait dans la même turne que Riton ?

— Moi, fait l'Incendié.

— Quand il lui arrivait de sortir, de nuit, il t'informait de l'endroit où il se rendait ?

— Il sortait presque jamais.

— Mais la chose lui arrivait, je le sais.

Le mec carotte a la peau des joues presque acajou tant ses taches de rousseur sont serrées. Il possède un regard légèrement albinos qui incommode.

Je bâille.

— Ecoute, Rouquemoute, fais-je, tu me plumes avec tes réponses évasives. T'as pas encore réalisé l'urgence de la conjoncture. L'officier de police Bérurier va t'entreprendre à sa manière.

J'adresse un signe au Gros.

— Trouvez un coin discret pour une converse à bâtons rompus, fais-je en mettant « bâtons » et « rompus » au pluriel à l'insu de la coterie et pour ma seule satisfaction intime.

— Tout c'qu'a d'volontiers et avec beaucoup d'parfaitement, s'empresse Sa Majesté.

Il pose sa main sur l'épaule du garçon et le propulse vers la sortie.

Je rebâille et dis languissamment aux trois autres :

— Avant que ça chie des bulles carrées, mes drôles, grouillez-vous de vous mettre à jour. Je constitue votre dernière chance. Je veux tout savoir sur Riton, sa vie, son œuvre. Tout sur les parties de cul de cette baraque ; la manière que les demoiselles de la haute se font emplâtrer, ce qu'elles vous bricolent comme délicatesses. Je veux connaître votre emploi du temps, votre manière de vivre, les menus qui vous sont servis. Si vous y mettez du vôtre, moi j'y mettrai du mien.

Tout en parlant, je marche au téléphone et compose le bigophone de Jérémie Blanc. Est-il rentré de ses vacances au Sénégal ? La sonnerie retentit à plusieurs reprises. Pile comme je m'apprête à raccrocher, l'organe haletant du négro.

— Blanc, j'écoute !

— San-Antonio, je parle ! réponds-je du tac au tac.

Il éclate de rire.

— Phénoménal, assure-t-il. Nous arrivons à la seconde. J'ai grimpé quatre à quatre l'escalier en entendant la sonnerie.

— Laisse tes chiares débonder les valoches, mec, et amène-toi au château de Con-la-Ville, dans les Yvelines, nationale 13. Je t'espère dans moins de quatre-vingt-dix minutes !

— T'es chié ! s'exclame Jérémie, ravi. Y a le feu ?

— Exactement, Mme la marquise, les communs sont en train de cramer.

Je raccroche et vais à la lourde. Je passe mon physique de théâtre par l'entrebâillement et avise le cousin Gonzague embusqué contre le chambranle.

— Non, non, l'ami ! lui dis-je. Dégagez le territoire. C'est mauvais de stationner dans les courants d'air avec un pif comme le vôtre, vous allez déguster un rhume carabiné.

Je ferme la porte moulurée d'un coup de saton qui la fait vibrer. Ensuite, je retourne à mes malfrats.

— Venez vous asseoir sur le grand canapé, les gentils agneaux !

Ils obéissent. J'amène une chaise face à eux et m'y installe à califourchon.

— Cette fois, nous sommes opérationnels, leur dis-je. Laissez aller votre cœur, mes chéris.

LES UNES ET LES AUTRES

Les dames bénévoles, tu leur donnerais le bon Dieu sans confession. D'un sérieux ! D'un guindé ! Tu peux pas croire que ces énervées du slip se fassent tromboner en des figures sauvages, la nuit venue ! Sont toutes en Chanel strict, pas ou peu fardées, rigides. Le beau monde cultive les apparences et il a bien raison. Elles lui servent de vertu et moi je trouve que c'est mieux que rien. Faire semblant est un début de réalité. Si tu fais de plus en plus semblant, t'arrives progressivement à être pour de bon ce que tu souhaites paraître. Faut pas renâcler. Tous les sentiers sont bons, qui conduisent au ciel.

Trois gonzesses, plus Francine de Saint-Braque. Des gerces s'étageant de trente à cinquante balais, avec toutes le même style chochotte. L'air de t'éplucher les subjonctifs, de contrôler que tu tiens bien ta fourchette de la main gauche et que tu ne craches pas les noyaux de cerise directo dans ton assiette. Certaines sont maridas puisqu'elles portent alliance, d'autres prennent des bains de siège pour se calmer les ardeurs nocturnes lorsqu'elles n'ont pas de bitounes à se carrer dans la moniche (1).

Ce qui les révèle sûrement, c'est leur regard. Ce je ne sais quoi d'indéfinissable qui laisse transparaître leurs langueurs intimes : les sanglots longs du violon de leur chatte.

Je les salue et me plais à voir s'allumer d'emblée des convoitises sexuelles dans leurs prunelles putasses. Les vicelardes te jaugent sans s'en rendre compte. Un mâle débouche, pas mal bousculé, qu'illico elles lui supputent le kangourou, lui envisagent les prouesses ; est-ce qu'il prend appui sur les coudes ou sur les mains quand il lonche ? Sur les mains, c'est un vrai pro. Un qui a besoin de recul pour visionner la frite à Ninette en cours d'ébats, s'assurer qu'elle biche bien un fade royal, rien paumer de ses mimiques de plaisir.

Je dévisage calmement ces pétasses distinguées. Le cousin Gonzague boude à l'écart. Il sait que je le hais d'instinct, ce qui est sans remède, et qu'à la moindre occasion je lui ferai déguster ses dents. Alors, comme il n'aime pas

(1) Je parle à mots couverts, pas choquer les pudibondes.

San-A.

les coups, il se cantonne dans les prudences hostiles...

Bérurier m'a rejoint. Il est plus lourd et formidable que jamais. Certain que sa moumoute lui confère un look (comme dit Jean Dutourd), il frime à mort, passant ces dames en revue avec un bout de langue sortie, prometteuse bien qu'elle soit plus chargée qu'une lettre contenant des valeurs.

— Mesdames, attaqué-je, après l'audition des jeunes gens dont vous vous occupez avec tant de sollicitude, il appert que le garçon égorgé avait un rendez-vous qu'il qualifiait d'important dans le labyrinthe. Il aurait même déclaré que celui-ci *allait changer beaucoup de choses.* Il s'y est donc rendu pour n'en plus revenir. Comme il y a eu ici, dans la soirée, une sévère partouze avec toute la troupe, partouze aimablement engagée par la projection d'une cassette « X » intitulée *La Tzarine en folie,* œuvre en costumes, d'un certain niveau artistique. Comme il y a eu cette partouze, dis-je, je ne pense pas que le rendez-vous dont parlait le jeune Riton ait été pris avec quelqu'un de cette maison. Il n'y avait aucune raison, à mon sens, pour que le pauvre diable aille rejoindre secrètement une personne qui venait de tout lui accorder ouvertement. Par conséquent je vous mets hors de cause.

Un éclair de satisfaction passe dans les huit prunelles. A cet instant, je me baisse et fais

mine de ramasser quelque chose que j'ai préalablement placé dans ma main, bien que j'aie eu
le réflexe de n'y pas toucher de prime abord.
Mais moi, tu le sais, Cugnazet, je carbure à
l'instinct, à l'élan, à la foucade. Ma vie et ma
carrière consécutent d'initiatives spontanées,
prises sans avoir été préméditées.

Je me redresse en brandissant entre le pouce
et l'index le tube de rouge à lèvres trouvé par
Béru dans les buis du labyrinthe.

— L'une de ces dames a perdu ça, murmuré-
je d'un ton détaché.

Je dépose le tube sur un guéridon. Francine
de Saint-Braque s'en approche, le prend pour
l'examiner.

— Soleil d'or de Chanel, fait-elle, c'est le
vôtre, Marguerite.

La « dame du milieu » c'est-à-dire celle qui
frise la quarantaine, tend la main. S'empare du
tube à son tour. Puis elle va chercher son sac à
main posé sur la cheminée et le glisse dedans.

J'échange avec Alexandre-Benoît un regard
éloquent. Léger mouvement de tête, et Sa
Majesté se penche sur la personne.

— Vous voudrez-t-il qu'nous passassions
dans vot'chamb', jolie médème, gazouille le
moumouté. C'est rapport qu'j'aurais quéqu'chose à vous dire d'en particulier.

Un peu surprise, la dame sort au côté de mon
éminent camarade. Le silence qui succède est
un peu huileux. Mal fagoté. Elles attendent des

décisions de moi. Et ma pomme de balancer sur la conduite à adopter. Il est grand temps d'alerter le procureur de la République. Cet assassinat dont on diffère la révélation toute une journée va finir par nous bordéliser la vie à tous. Depuis une heure je suis complice du silence. Seulement, si la meute des confrères du cru se pointe, il en sera terminé de ma liberté de manœuvre. Il faut donc que j'ouvre le parapluie.

A cet instant, une bouffée d'amitié m'arrive en la personne de Jérémie Blanc. Il est impec, le Noirpiot, dans une veste de daim jaune et un pantalon noir. Il fait batteur d'orchestre. Il sent bon la brillantine de bureau de tabac. Son sourire est si blanc que tu ne peux pas le contempler sans porter des lunettes de soleil.

Cette assemblée de femmes le déconcerte quelque peu. Il salue d'un « Mesdames » claironnant et vient à moi, la main tendue.

— Salut, Sana ! Eh ben, la reprise ne traîne pas avec toi !

Mon expression coincée lui fait mettre une sourdine. Sa large prunelle rapetisse un peu.

— Tiens compagnie à ces aimables personnes pendant que je vais téléphoner, dis-je.

Lui, un peu marri. Il ignore chez qui il se trouve et ce qui s'y passe. N'ose questionner l'habitant.

Pour ma part, je cherche un coin isolé, me permettant de communiquer à l'aise. Finis par opter pour un bureau-bibliothèque situé au bas de l'escalier.

Par chance, le Dabe est encore à la Grande Volière. Il doit y lutiner sa nouvelle conquête car je perçois des gloussements flûtés.

— Qui ? Ah ! San-Antonio ! Quel bon vent, mon garçon ?

Son garçon lui fait un résumé admirablement succinct des événements qu'il a eu la joie de te narrer avec son brio habituel. Je lui rapporte la visite chez « nous » de Francine de Saint-Braque ; le petit Riton et son histoire de pafs entreposés dans le réfrigérateur d'une pharmacienne ; la seconde visite nocturne en ma compagnie et la déconvenue du garnement ; son assassinat suivi de la fâcheuse émasculation, et nous maintenant à pied d'œuvre.

— Drôle d'affaire, mon petit homme, qui va où ? demande-t-il.

— Bien incapable de vous le préciser pour l'instant, monsieur le directeur ; je voudrais pouvoir taire la chose pendant encore un jour ou deux afin d'avoir ma liberté de mouvements.

— Eh bien ! taisez-la, mon vieux ; taisez-la !

— Seulement, il y a un cadavre dans un parc, ça fait désordre.

— Faites-le évacuer par une voiture du Service Kub, Antoine. Ils vous le foutront au frigo sous une étiquette numérotée. Zouzou ! Vous me mordez, taquine ! Je vais avoir une marque sur le gland ! C'est tout, mon petit ? J'ai pas mal de travail en ce moment, et je...

— C'est tout, monsieur le directeur. Pardon d'avoir interrompu un instant vos travaux !

— Je vais faire mettre les bouchées doubles ! glousse le Vioque. Bonne chasse !

Je raccroche, soulagé. Compose le numéro du Service Kub. Qu'à cet instant, un hurlement tombe de l'étage. Grand cri déchirant de femme déchirée.

Je m'élance.

Des plaintes succèdent. Des protestations véhémentes !

— Oh ! non, c'est de la folie ! il me l'a foutu dans le petit, ce gros con !

Je parviens en une chambre tumultueuse où Béru est en train d'embroquer de magistrale manière la personne que je lui ai naguère confiée pour être interrogée. Elle démène du fion, la bourgeoise, mais le grand primate des campagnes normandes la maintient en position convenable de ses paluches d'airain.

— Calmos, ma grande ! exhorte-t-il. Déménage pas des miches d'cette manière ! J'ai huilé l'engin après m'avoir mouché dans mes doigts ! T'vas voir : le premier moment d'surprise passé, ça va d'viendre délectabe. Agite-toi pas, j'vas te faire un accompagnage de guitare pardevant pour t'aider. Là, brrr ! Tout beau ! Doucement ! Le fine,gueur dans la moulasse ! Voilà, on se calme ! On épanouit des meules !

J'y vais sans forcer. Au pas d'parade ! Comme à Buchinegame ! Ah ! on chiale plus, maint'nant, petite médème ! Ça tourne au bonheur, le chibrac à Béru, ma poule de lusc ! On s'l'encadre fastoche ! A la paresseuse ! Comme si j'te jouererais « L'Beau Danube Bleu ». Aspro, la douleur s'en va ! Refais-toi un n'ognon tranquille, ma chérie, rien n'presse. Dès qu'tu m'rec'vras confort'ment, j'forcerai l'allure, t'donner d'l'agrément.

« Ah ! déjà, on emballe du joufflu ! On prend l'initiative elle-même ! C'est tout d'sute la rage du cul ! Médème chôme pas du valseur. On sent qu'elle raffole les sensations fortes ! Qu'elle a l'habitude de s'enquiller des mandrins dans les orifesses ! Oh ! dis donc, c'cent' d'accueil ! Et dire qu'é protestait y a pas deux minutes comme quoi j'la fourrais par l'petit bout d'la lorgnette ! Ah ! non, j'vous jure, c'est ben pour dire d'magnérer ! Le goût d'se faire plaind' ! Toujours des mondanités, quoi, même quand on s'en déguste quarante centimèt' dans la malle arrière ! Des chichis ! C'est la tavisme qu'elle fait ça ! La haute, c'est la haute ! Ça peut pas rester simpl' ! S'laisser miser sans rauner. Faut simagréer coûte qu' coûte pour en jeter ! S'mett' en valeur !

« Moi, j'vois une serveuse d'routier, j'l'empétarde sans qu'é fasse un frometon ! Mon gros braque, elle fait « ouille » un bon coup et on tourne la page ! Qu'au b'soin é pleure en silence. Mais c'te rombière huppée, avec son pétrus kif une porte d'grange, é se croirerait déshonorée de morfler mon Pollux sans faire d'cinoche.

« Là, é part au trip' galop maint'nant, la mère ! Tout juste qu'é va pas m'trouver trop mignard du groume ! Oh ! dis donc, é craint plus la surchauffe ! *Vacca !* Ell' va m'faire couler une bielle à c't'allure ! Là, é d'vient téméraire, Marguerite ! Où qu'é veut en v'nir d'forcener ainsi, j'm'demande ? J'vas m'enflammer l'gland si é baisse pas d'régime ! Doucement, Guiguite ! J'ai pas envie d'êt' mutilé du chibre ! J'ai encore des projets l'concernant. Faut qui va resservir, j'en sais qu'attendent su' l'paillasson. Pouce ! J'd'mande un temps mort pour m'vas'liner le manche ! On court à la cata, môme ! Arrête, bourrique ! Arrête qu'j'te dis ! Mais bordel, c'est mon paf, non ? Charogne, j'te fais l'saut d' l'ange ! Rran ! Ouf ! Putain, je fume du panais ! »

S'étant reculé, il m'avise.

— Ah ! t'étais là, halète l'homme au gros moignon. Y m'semb' qu' j'voulais te dire qué-qu'chose.

— Moi aussi, je veux te dire quelque chose, pesté-je.

Sa Seigneurie échauffée me refoule dans le couloir. Elle murmure :

— J'sais : c'est pas pour une bourrée qu'tu m'as dit d'embarquer la grognasse ; s'lement, y

s'est produit un fait qui l'a mise hors d'eau,
mec.

— Je t'écoute.

— L'tube de rouge n'est pas à elle.

— Ah, non ? Pourtant elle l'a griffé et fourré
dans son sac sans barguigner, non ?

— D'ac. Mais ça plaide en sa faveur. Elle en
avait déjà un tout pareil dans son sac, grand.
Quand j'les ai sortis, les deux, elle a esclamé :
« Ah ! ben alors, celui que le commissaire a
trouvé n'est pas à moi, j'avais cru, mais comme
je n'en ai qu'un »... Elle était sincère, crois-
moi !

Cette fausse manœuvre me déçoit.

— Tu m'escuseras, fait Alexandre-Benoît,
faut qu'j'vais terminer madame. Ell' compren-
drait pas qu'j'la laisse en rideau, av'c la salle des
fêtes grande ouverte.

Il retourne au labeur, la membrane battant la
mesure.

— R'v'nons à nos moutons, jolie médème,
qu'il roucoule. N'a défaut d'vas'line, je m'y
mets un brin d'savon. Pour faciliter les trans-
ports en commun. Me r'v'là tout à vous, Marguerite, ma jolie pâqu'rette. Te vais vous
effeuiller l'trésor en y mettant tout' la galantine
que vous souhaitereriez. Y a des moments,
voiliez-vous, quand j'bouillave av'c une personne d'vot' classe, je donne dans la poétrie.
J'voudrais vous faire reluire en vers, bien vous
esprimer l'combien vos jambons m'inspirent,

ma jolie. Et qu'j'trouve vot' cul bioutifoule en plein. Un vrai clair d'lune ! Une lanterne japonouille ! Je plonge du paf à pieds joints dans c'potiron très superbe. Et vos nich'mars qui pendent à l'avant, y m'font penser à la louve de Rome qu'à élevé Rému et Rommel. J'cause pas d'vot' cressionnière qui ressemb' à un coussin d'crin éventré ! J'adore le velouré d'vot' peau, malgré les vergetures.

« Voilà, c'est r'parti. Pas la peine d'emballer l'attelage, mémé : qui va piano va sono. On se biche un pied princier. Maint'nant, si vous s'riez fatiguée d'vous faire pilonner l'postère, on peut passer par la grande porte d'devant ? Moui ? Vous préféreriez ? C'est parti, tournez vos meules du côté d'Montmartre et on s'paye la visite d'la cathédrale. Là, on risque plus rien, c'est tout bon ! L'autoroute d'l'Ouest ! On dira ce qu'on veut d'la pose papa, mais on n'a rien trouvé d'mieux pour s'faire étinceler l'chinois. Visez c'confort ! La baise pullman ! La façon qu'on prélasse. J'ai les claouis qui font d'la chaise longue ! Souquer une sœur dans ces conditions c'est aussi plaisant qu'd'déguster un pastis, l'soir sous les platanes d'Provence. Après l'coup de brûlot qu'v'l'avez administreré, Coquette a l'impression d'entrer au Carmel. Elle pavane comm' un' follingue, v'sentez dusèche ? C'est sa récompense après les preuves. Son r'tour aux sources, pour ainsi dire !

« Elle déambule la tête haute ! Retiendez-vous l'plus possibl' d'vous éternuer l'bonheur, ma gosse. Au plus qu'on réprime, au plus c'est super. On fait les montagnes russes av'c nos sens. Un coup près d'la gagne, et fsuiiiit ! on se ravale le foutre et ça repart dans les languisseries. Moi, si j'serais riche, j'ferais que ça ! La mouche écossaise, on appelle ! Ça aiguise la découillade ! Quand le bonheur dégage, alors là, c'est la fusée Ariel ! Faudra qu'on concorde nos violons, Guiguite. Pas qu'en ait un qui rentre en gare d'Lyon quand t'est-ce qu'l'aut' est encore à Fontain'bleau ! On saute en parachute la mano dans la mano. Et faut pas hésiter à annoncer la couleur ! Y a qu'les moudus qui gueulent pas en amour ! Le cri du pied ne choque que ceux qui peuvent pas l'prend'.

« Quoi ? Vous partez déjà, princesse ? C'est plus fort qu'vous ? Freinez, bordel, j'sus pas encore apte ! Laissez-moi faire mes bagages, au moins. Pensez à des choses tristes ! A la mort de vot'mère ! Comment ? E vit toujours ? Ben à celle d'vot'dabe alors. V's'allez pas m'dire qu'il éternise, les mecs clabotent les premiers ! Pensez à vot' mari qui se fait pomper par la bonne ! Hein ? Ça vous excite ? Non, non, changez d'secteur. A Chirac ! Sa défaite aux Présidentieuses, v'v'rapp'lez sa tronche ? Quoi ? Ça, ça vous faire rire. Ben voilà, riez, mais jouissez pas ! Prenez-moi pas en trait', Marguerite ! On

s'estime trop pour aller à la décarrade en ord'
dispersé.

« Pardon, qu'est-ce que vous dites ? Que mon
gros mandrin vous r'mue d'trop l'sensoriel ?
Pensez à vos impôts, merde ! A la reine d'An-
gleterre ! Au s.i.d.a. ! A... Non ! Voilà, j'arrive ! Au débotté ! L'Orient-Express ! Gare aux
taches ! Aaaahooooo ! Vrouhaaap ! Bouahou !
Oh ! Yessssss ! Tout pour ta pomme, pétasse !
Charrrrrogne ! Putain, c'dégagement ! Ah ! j'l'ai
senti passer ! Quoi ? T'as raté la gagne ! Tu t'es
différée d'trop ?

« T'es branque, ou quoi, la mère ? T'as qu'à
t'bricoler un solo d'guitare pour t'finir. J'sus pas
responsabl' d'la mauvaise gestion d'ton fade,
ma poule. J't'ai fourni l'matériel haddock en
parfait état d'marche, l'reste, j'sus comme
Ponce Pilote : j'm'en lave la bite ! Moi, sitôt
qu'j'ai découillé, l'cahier des réclamances est
fermaga. Si tu permets, j't'emprunte ta culotte
pour mes blablutions d'après fornique. Voilà
qu'est fait. Chao, la grande. Si t'auras envie
d'l'revoir, l'braque à Béru, au lieu d'ta Nor-
mandie, appelle-moi, j'sus dans la nuaire. »

Il vient me rejoindre, content de ses trans-
ports et nous descendons poursuivre l'enquête.

M. Blanc est dans une embrasure de fenêtre
en compagnie de Francine de Saint-Braque. Ils
se tiennent face à face sur deux entablements de
pierre garnis de coussins et parlent à voix basse.

Le cousin Gonzague s'occupe des deux autres dames patronnesses. Tout le monde devise gravement.

En m'apercevant, Jérémie m'adresse un signe d'extrême intelligence et je les rejoins, Francine et lui.

— Madame m'a mis au courant de tous ces événements, dit le *dark* pote ; j'ai l'impression que le pauvre Riton a, sans le vouloir, découvert une sale histoire où le sadisme est à l'ordre du jour.

— Possible, acquiescé-je.

Comme saisi d'une idée subite, Béru s'élance hors du salon. La cuisinière, épouse du jardinier chenu, grosse vieillarde informe fagotée de bleu, radine afin de demander à mademoiselle des instructions pour le dîner. Francine nous propose de partager le repas du soir avec elle et ses compagnons, mais je décline l'invite. Les garçons en rupture de geôle rôdent devant les portes-fenêtres, mal dans leur peau. Ils aimeraient bien prendre la tangente. La fiesta est finie. Cette partouze géante, prolongée sur plusieurs semaines, ne saurait continuer après ce qui vient de se passer. C'est le grand réveil. Va falloir s'occuper d'ailleurs, trouver un autre gîte, brosser d'autres souris, dénicher de la fraîche pour s'assumer. Une atmosphère désespérante commence de nous malaxer le système à tous.

Dame Marguerite réapparaît, les cannes en

cerceau, l'hémisphère sud durement meurtri
par les assauts du Gros. Personne ne l'interroge
car ses clameurs de liesse organique sont parve-
nues au rez-de-chaussée, chacun sait ce qu'elle
vient de faire ; mais ici, ça ne choque que le
cousin Gonzague.

J'attends les envoyés du Service Kub car il
serait temps de mettre le cadavre au placard.
On vit un moment drôlement biscornu, dans ce
château où de jeunes repris de justice sont
cajolés, sucés et déburnés par des dames fofol-
les, gentiment dépravées. Comme le dit ma
crémière Mme Petibois : « On ne peut pas
croire que ça existe, ces choses-là ! » Et pourtant si : elles existent.

Je perçois le pas lourd du gars Béru au-dessus
de nos tronches. Ce qu'il fait, le gros marle, tu
penses que je le sais : il fouille dans toutes les
pièces à la recherche d'indices. Il cherche du
linge ensanglanté, il cherche un rasoir, éventuellement aussi une biroute et ses pruneaux
d'Agen. Il joue le crime « in », par acquit de
conscience, avant que nous n'envisagions le
crime « out ». Mais d'après les dires du rouquin
qui partageait la piaule de Riton, ce dernier
avait un renque sérieux *qui pouvait changer
beaucoup de choses*. Et ça signifie quoi, « changer beaucoup de choses », dans sa situation ?

Le Service Kub se pointe enfin. Deux
hommes avec un fourgon sombre, sans vitres.
On se dit peu. J'allonge ma brème et les guide

jusqu'au corps dans le soir tombant. Ils se sont munis d'un brancard pliant et chargent Riton sur cette civière. Puis ils repartent sans un mot.

Je retourne au salon et biche Francine de Saint-Braque en aparté.

— On a emporté le cadavre, lui annoncé-je. Considérez que, jusqu'à nouvel ordre, l'affaire est au point mort. De deux choses l'une : ou bien l'enquête prouve que c'est quelqu'un de l'extérieur qui a tué le môme, et vous n'en entendrez plus parler, ou bien, au contraire, elle indique que le meurtrier est quelqu'un d'ici, et les choses suivront un cours normal.

— Merci, fait la châtelaine dévergondée ; je suis intimement persuadée que mes invités sont étrangers à cet horrible meurtre.

— Je vous le souhaite.

Bérurier réapparaît enfin, l'air buté, le front large. Son regard contient des amertumes de choix. Depuis qu'il porte moumoute, il a tendance à garder son chapeau à la main, ce qui lui confère une politesse à laquelle il ne nous a jamais habitués.

— Dans le fion la balayette ? lui lancé-je en loucedé.

— Jusqu'au gosier, mec ! Et c'est pas faute qu'j'aie farfouillé tout azimut ! J'm'ai même payé le contener des ordures.

Nous prenons congé de la cotterie. J'informe ces étranges personnes qu'elles ne devront pas quitter la propriété jusqu'à nouvel ordre et que nous reviendrons incessamment et peut-être même avant.

Y a comme une grande misère existentielle dans ce noble domaine. On sent que les mânes des aïeux font la gueule en voyant ce qui se passe en ces lieux qu'ils édifièrent, chérirent et auxquels ils s'attachèrent à donner une réputation de dignité. Un bordel en folie ! Un lieu de crapuleuses débauches.

Jérémie, qui n'a pas l'habitude de ces endroits presque historiques (celui-ci est hystérique), déclare rêveusement :

— Elle a de la classe, cette femme.

— Beaucoup, dis-je, surtout quand elle fait des pognes à ses protégés pour recueillir le produit de leur éjaculation dans une coupe de champagne qu'elle vide ensuite à leur santé !

Là, il bloque un penalty avec son plexus, le Noirpiot. N'en croit pas ses baffles.

— Elle...

— Elle !

— Merde !

— Y a de ça !

— T'en es certain ?

— C'est le petit gars trucidé qui me l'avait appris, et ses potes m'ont confirmé la chose.

— Elle est malade ?

Sa Majesté intervient :

— C'est pas la première pétroleuse qui se lance dans la dégustation, Blanche-Neige. On voit qu'dans tes cocotiers, on trempe just' pour

s'reproduire. V's'emmenez la femme à
l'homme comm' nous aut' la vache au taureau.

— Tandis que vous copulez en intellectuels !
riposte Jérémie.

— Textuel ! confirme Béru. C'qu'import' en
amour c'est c'qu'on y met autour. Les gentil-
lesses, la tendresse. Un qui plante sans moufter
et s'laisse éternuer l'bigorneau comme un con,
tu m'dis d'à quoi ça l'avance en dehors d's'vider
les aumônières ? Tandis qu' çui qui charme en
bouillavant, qu'emballe dans l'romantiss, alors
lui, voui, il module son coup d'bite. Son paf, ça
d'vient un archer d'violon. En même temps
qu'il rémoule le zigouinet d'sa part'naire, il la
fait voiliager du bulbe. Elle mouille au senti-
ment. Ses glandes, c'est comme qui direrait
l'encrier où qu'on puise l'encre d'une page
d'amour, comprends-tu ? Ta pineuse, t'y
racontes l'déroulement en termes choisis. Tu lu
fais roucouler la moulasse. La grimpes en
mayonnaise. Elle vertigine d'la babasse.

« Alors là tu peux tout t'permett'. C'est la
conquête d'l'espace ! Tu lu maîtrises la chatte.
Elle valdingue dans des bonheurs qu'é soupçon-
nassait pas.

« Si t'serais pas *black,* mec, j'essayererais
d'te dresser un peu. D't'enseigner les rudimen-
taires de la bornique. S'l'ment y a ton ataviss
cont' auquel j'peux pas aller. On cause la même
langue, mais pas la même race. Vous, chez
vous, c'est l'pilon dans l'mortier. Tout just'

qu'vous concassez pas du manioc av'c vot' zob.
Vos gerces, elles s'en font mett' d'quoi vous
pond' des négrillons à la pelle. Mais la grande
décarrade du cul, c's'ra pour plus tard, quand
v's'aurez l'eau su' l'évier et l'gaz à tous les
étages d'vos cases bambou. Deux générations
d'films pornos pour vous dégrossir la chibrance! Vous inciter à aut'chose qu'à la bourrade papa-maman.

« La civilisation, ça, mon pote! On a mis la
charrue avant les zébus, chez vous : on vous
cloque la grammaire avant l'Kamassoutra, et la
pénicilline avant l'vibromasseur. V's'aurez pas
eu d'chance av'c les Blancs, Blanc! »

Nous atteignons le parking où sont remisées
nos deux tires.

— Où allons-nous? s'inquiète Jérémie.
— Vilain-le-Bel.
— Connais pas.
— Suis-moi, nous allons arranger ça.

Un petit garçon sur un vélo d'homme est une
image qui me fera toujours chanter le cœur. Ça
me rappelle Tep, un pote de la cambrousse,
quand j'étais moujingue. Moi, gosse de gens à
peu près aisés, j'ai eu des bicyclettes à ma taille,
depuis le petit vélo à stabilisateurs de mes tout
débuts, jusqu'au vélo de course à plusieurs
plateaux, en passant par la bécane garçonnet
avec changement de vitesse et guidon bas dont
je passais mon temps à changer la couleur des

poignées. Tep, le môme du « magnin » qui réparait les bassines trouées, les lessiveuses et les clés brisées, se servait d'une antique machine, trouvée dans quelque déblai, que son vieux lui avait rebectée. L'engin était si haut que, pour l'utiliser, il pédalait debout, en passant une jambe à travers le cadre. Fallait être acrobate pour rouler avec ça. Tep l'était. Au point de me battre quand nous faisions la course. Je prenais chaque fois un bon départ, construisant une confortable avance mais, au bout d'un moment, j'entendais croître derrière moi le bruit de sa bécane déglinguée. Elle cliquetait et grinçait de partout. C'était un vélo terrifiant, animé d'une espèce de vie propre et qui poussait des cris ! Tep finissait par me rejoindre. Je me sortais la tripe pour forcer l'allure, mais le minuscule gamin, tel un gnome en folie, me passait dans son ferraillement indescriptible. Il se tenait de guingois, penché hors de la bicyclette, si je puis dire, comme les anciens mécaniciens de locomotive hors de leur monstre noir. Sa blouse battait au vent. Son béret basque s'aplatissait et il pédalait, semblait-il, d'une seule jambe, celle qui traversait le vélo pour s'en aller chercher une pédale à première vue inaccessible. Salut, Tep ! Qu'es-tu devenu ? Tu mâchais des bâtons de réglisse de bois qui, lorsque tu les sortais de ta bouche, ressemblaient à des pinceaux effilochés. Qu'est-ce que la vie a fait de toi, diabolique lutin ?

Donc, un gamin juché sur un vélo d'homme sinue sur le bas-côté de la petite route. Je stoppe après l'avoir dépassé et attends qu'il me rattrape.

— Dis voir, garçon, il y a un médecin dans le pays ?

Il acquiesce. Ne me regarde pas car ma bagnole l'hypnotise.

— Où demeure-t-il.

— A l'entrée de Vilain, à droite.

Il a mis pied à terre. Lui, il peut enfourcher le cadre de son bicycle, mais comme la selle est trop haute, il a attaché un vieux sac à pommes de terre autour du tube horizontal.

— C'est quoi, votre voiture, monsieur ?

— Une Maserati.

— Combien de chevaux ?

Je le lui dis. Il me demande ensuite à combien ma tire peut monter, si le système de freinage est performant, tout ça. Qu'à la fin je lui conseille d'écrire de ma part à mon concessionnaire pour se faire adresser la fiche technique.

Derrière, Jérémie m'attend, au volant de sa Juva fatiguée. Bérurier me demande, lorsque je repars :

— Pourquoi tu vas chez le médecin ?

— Pour qu'il me parle du pharmacien.

Il opine, pète en flaque et bâille histoire de rétablir la ventilation de son organisme.

N'ensuite de quoi, comme sa récente prestation amoureuse lui a mis le cœur en joie, il entonne *les Matelassiers*.

— Vous m'attendez ici ! fais-je.

L'un et l'autre opinent et je vais sonner à la lourde du docteur M.-F. Pardevent, ex-interne des hôpitaux de Paris.

Un chien aboie sans que, pour autant, la caravane passe. Ce qui passe, c'est cinq bonnes minutes. Dès lors, je presse à nouveau le timbre égrillard (il a la forme d'un clitoris). De l'autre côté de l'huis, le roquet (sa voix est révélatrice de sa taille) remet sa chanson intitulée : « Fais-pas-chier-on-a-déjà-donné » (paroles et musique de Clebs et Cador). Enfin on m'ouvre. Une jeune femme aimablement négligée. Elle porte un peignoir de soie doré au motif indien. Elle est nu-pieds et mange un sandouiche pain-de-mie-jambon-beurre à impériale. Ses longs cheveux châtain clair tombent sur ses épaules. Elle a un regard à la fois intense et insolent.

Comme, dans cette tenue, elle ne saurait être la bonne d'un médecin de campagne, j'en conclut qu'il s'agit de l'épouse (si le docteur est jeune) ou de la fille (s'il ne l'est plus).

— Vous désirez ? demande la femme en mastiquant énergiquement.

— M'entretenir avec le docteur Pardevent.

— A quel sujet ?

— Ma foi, madame, ce que l'on a à dire à un

médecin est généralement d'ordre privé, le fameux serment d'Hippocrate en est la preuve.

Elle continue de bouffer calmos, son regard toujours posé sur ma personne qui, je l'espère, en vaut la peine.

Je risque un sourire du genre chaleureux-prometteur, si tu vois ce que je veux dire ? Généralement, j'obtiens avec lui de bons résultats.

Elle avale sa clapée d'un solide coup de glotte et dit :

— Je suis le docteur Pardevent !

Faut faire avec ma surprise.

— Ah ! c'est pour ça, murmuré-je.

— Pour ça, quoi ?

— Les initiales du prénom : M.-F., je ne voyais pas à quoi elles correspondent pour un homme.

Elle hausse les épaules.

— Ç'aurait pu être Maurice-François, Marc-Frédéric, Michel-Fabrice...

— C'est vrai, conviens-je, alors que c'est Marie-France, bien entendu ?

— Bien entendu.

Elle remord sans remords dans son sandwich. Elle doit avoir faim car elle y met une voracité certaine.

— On reprend, fait-elle la bouche pleine. Que désirez-vous ?

Je lui montre ma carte.

— Commissaire San-Antonio. J'ai besoin de

quelques renseignements concernant une personne du pays que vous devez connaître.

Là elle postillonne au jambon, la dame
docteur. Cette pétasse, elle devait marcher en
tête des défilés quand elle était interne et que le
personnel hospitalier descendait dans la rue. La
fureur empourpre son visage (pas désagréable
quand il est au repos), ses yeux, comme on dit
puis dans les livres D.Q.S. (délimités de qualité
supérieure), jettent des éclairs. Ben oui : des
éclairs, c'est pas moi qu'ai inventé ça ! J'en ai
balancé des trucs cons depuis que je fais écri-
vain, mais con comme ça, j'aurais pas osé tout
seul.

— Non mais où vous croyez-vous ! crie-t-
elle. Vous me prenez pour une délatrice ? Une
ragoteuse de village ? Une pipelette en
vacances ? Si vous voulez des « renseignements », comme vous le dites sans trop de
pudeur, sur quelqu'un d'ici, allez à la gendarmerie qui se trouve à cinq kilomètres.

Tu sais ce qu'elle est en train de me casser, la
doctoresse ? Tu le sais vraiment, ou faut-il que
je te le précise tout de même ? Les couilles !
Voilà, c'est lâché ; excuse-moi, jolie madame.
Elle brise mes beaux testicules à poils courts,
gros comme des œufs d'oie. Comment ? T'as
jamais vu d'œufs d'oie (deux doigts) ? Ben,
viens mater mes burnes, comme ça tu seras
affranchie, chérie !

Le moût tarde (moutarde) à me monter au nez, mais ça va venir.

Je prends un max d'oxygène dans mes soufflets pour m'assurer une confortable autonomie de jactance.

— Que vous détestiez les flics, docteur, c'est votre problème et ce n'est pas grave, mais cette aversion ne vous permet pas de ne pas déférer à une convocation qui vous contraindrait d'aller à Paris à un moment choisi par moi. Ce n'est pas pour entendre des ragots que je sonne à votre porte à une heure presque tardive, mais pour une affaire importante ; à moins que vous considériez l'assassinat comme une farce assimilable au poil à gratter ou à la cuiller fondante.

Tout ça, dans la foulée, sans escale. Mes poumons traînent sur le plancher après cet effet oratoire.

La fille hésite, son reliquat de sandwich toujours dressé à hauteur de sa bouche.

Elle dit sèchement, en s'écartant :

— Entrez !

Je. Elle claque la lourde d'un coup de talon désinvolte. Drôle de numéro. Je me demande s'ils sont contents de leur toubib, les habitants de Vilain-le-Bel. Note que ça doit pas être désagréable de se sentir palper par une nana aussi bien roulée. Le doigt dans le fion, pour contrôler la prostate, je préférerais par elle que par un gros médecin qui rote l'ail, question suavité.

Elle me désigne son salon d'attente, une pièce livide, avec des canapés de paille, une table basse surchargée de revues débrifées, des gravures de Paul Klee sur les murs pour montrer qu'elle n'aime pas le figuratif. Il y a un canard à bascule dans un coin pour amuser un môme éventuel.

Je prends place sur un canapé, elle sur celui qui lui fait face. Elle continue de claper son sandouiche. J'espère que sa robe de chambre va s'écarter, mais cette garce l'a coincée sous ses jambes croisées, si bien que pour la vue sur le Vésuve, faudra aller à Pompéi.

Ses pieds nus sont extrêmement gracieux, et ça, crois-moi, c'est rarissime. Elle a le mollet allongé, nerveux, le genou parfaitement rond. Tout ce que son peignoir me permet, c'est une plongée sur sa poitrine qui m'a l'air de premier choix. Pas de la grosse laiterie de campagne, mais des jumeaux hardis et fermes.

— Docteur, attaqué-je, vous exercez à Vilain-le-Bel depuis combien de temps ?

— Je vais attaquer ma troisième année.

— L'endroit est sympa ?

— Quand on aime la vie semi-rurale, il en vaut un autre.

— Vous fréquentez la pharmacienne ?

— Pas outre mesure. Disons que j'ai avec elle des relations professionnelles harmonisées.

— J'aimerais que vous me parliez d'elle.

— C'est à son propos que vous enquêtez ?

— Disons qu'elle m'intéresse.

— Eh bien, c'est un avantage que vous avez sur moi : elle ne m'intéresse pas et je n'ai rien à en dire.

Bon, ça ne va pas tourner court aussi culment, tout de même ! Pourquoi m'est-elle hostile, cette fille aux pieds nus ? Parce que je suis flic et qu'elle cultive des idées anarchisantes ?

Je joue ma grande scène du trois. Me dresse, rajuste une jambe de mon futal qui tire-bouchonnait et me dirige vers la porte en disant :

— Merci, docteur.

Voilà que je gagne la sortie. Elle, comme une vérolée de connasse de merde, reste coite avec son sandouiche et sa bouchée en cours de mastication. Bitée par mon brusque revirement. Il y a quelque chose de confusément insultant dans mon comportement. C'est une façon de lui dire merde et de lui tirer un bras d'honneur. Avec le tempérament rageur que je lui devine, ça lui fouette l'orgueil.

— Qu'est-ce qui vous prend ! lance-t-elle furax, au moment où je déponne la lourde du couloir.

Je ne réponds pas.

— Hein, dites ? crie-t-elle. En voilà des façons de foutre le camp comme un malpropre !

Je me retourne.

— Tant qu'à faire de converser avec une statue, je préfère celle du monument aux morts, sur la place : elle représente la France et n'a pas la bouche pleine.

Oh ! la tigresse ! Un bond, elle m'a rejoint. Là, le peignoir n'est plus maîtrisé. Elle s'en tamponne que les pans s'écartent et qu'on voie sa chatte frisée : une exquise chagatte très sombre.

— J'aurais parié que vous étiez brune, dis-je sans chercher à lui celer la direction de mon regard.

Ma réplique la cloue. Elle dépose son trognon de sandouiche sur une console de bois et referme sa robe de chambre. Puis elle éclate d'un rire fantasque.

« Gagné ! » me dis-je. Ces petites furies de meetinges, tu les désamorces avec un trait d'esprit ou un vanne polisson.

Je la regarde en souriant également. Et puis j'avance ma dextre sur son épaule gauche, l'y dépose doucement, comme la mouette harassée se pose sur une épave, ainsi que l'a superbement écrit Canuet dans ses mémoires préfacées par la comtesse de Ségur.

— Tu es belle quand tu es en pétard, mais tu es sublime quand tu ris, murmuré-je.

De plus en plus déconcertée, elle se dégage et dit :

— Je vous demande un instant pour aller me laver les dents, je n'aime pas qu'on m'embrasse quand je viens de manger.

Tu vois ?

Donc, il semblerait qu'une aube très superbe se lève sur mes relations avec le docteur Marie-France Pardevent.

Je retourne m'asseoir dans la salle d'attente. Pour l'attendre.

AMOURS, DÉLICES ET MORT

Quand elle me rejoint, je suis en train de lire
un article passionnant sur les bouchons de
sécrétion obstruant le conduit auditif et qui sont
de trois natures différentes. Ils peuvent être
croûteux, épidermiques ou cérumineux, alors tu
vois qu'il faut pas la ramener, vu qu'on est
vraiment peu de chose ! Elle a quelques minus-
cules éclaboussures de Fluocaril bi-fluoré au-
dessus de la bouche, et a changé (l'idiote) son
peignoir contre une sorte de training de soie
noire qui lui sied davantage mais que je trouve
un tantinet moins godant.

Elle me vient contre, s'assied sur mon genou
(je me rappelle plus lequel), me cueille la tête
dans ses mains et commence à me rouler une
pelle éperdue, vorace, implacable, investis-
seuse, décapante, exploratrice, fureteuse, qui
me déambule dans le buccal jusqu'aux amyg-
dales.

Si tu veux l'avis d'un spécialiste, cette gosse
est en manque. Elle doit en avoir classe de

soigner les hémorroïdes, crises de foie, bron-
cho-pneumonies, rhumatismes articulaires,
règles douloureuses, oreillons, phlébites,
angines, rougeoles et toutim de Vilain-le-Bel.

Je devine le topo. Cette petite mère, son
diplôme conquis, a racheté un cabinet de province pour démarrer. Because les traites à
carmer, elle se prive (sandwichs, sandwichs),
mène une vie chiche et quasi solitaire. Alors, de
ce fait, ses glandes renâclent, c'est fatal! Le
gonzier énergique, avec une belle gueule (t'en
fais pas pour mes chevilles, je porte des bandes
molletières sous mon grimpant) qui se pointe
chez elle tandis qu'elle est à demi nue, et qui lui
met la main sur l'épaule, elle résiste pas. Pour
Ninette c'est l'heure de la récré! Elle jette son
caducée aux orties! Une occase pareille, on
l'attrape par la queue (ce qu'elle fait) et on s'en
confectionne une partie de cul expresse (c'est
parti!). C'est parce que, d'entrée de jeu, ce
mâle surgi inopinément lui titillait le sensoriel,
qu'elle tentait de le rebuffer. Mais *Achtung!*
Quand c'est de l'Antonio qu'il s'agit, tu n'es pas
de force à lutter!

Moi, rien de temps, hop! Au sol! Y a un
tapis. Corde tressée, soit, gratte-miches, mais
mieux que rien! Tiens! Elle ne s'est pas lavé
que les chailles, la friponne! Son frifri sent la
savonnette de qualité. Je reconnais « Bois de
Santal » de Roger et Gallet! Invitation à la
minouche?

Voyons voir ! Oui, elle attendait que ça. Faut dire que c'est sa compensation à Vilain-le-Bel, Marie-France ; elle bouffaille sa petite assistante, la fille aînée d'Evariste Lucot, le garagiste de Montpaf-lez-Mantes. Juste un crougnou, de temps en temps, avant que la môme grimpe son Solex pour aller se faire tirer par René Clinquet qui est garnisseur à la Régie Renault de Flins.

Elle la trouvait mignonnette, acidulée, l'œil viceloque. La regardait se défaire de sa blouse blanche. Dessous, la gamine ne portait qu'un slip de complaisance incapable de dissimuler trois poils de cul. Elle lui a fait compliment de sa taille, tout en la saisissant par ses seins, tout en les caressant, de son pubis (à propos faut que je téléphone à Dechavanne) (1) tout en suivant de l'index la fente enchanteresse. Alors elle a gousillé la petite mouilleuse, amicalement. Rien qui compromette leurs relations. En tout, c'est la manière qui compte. Ne jamais théâtraliser. Quand tu restes simple, tout est fastoche.

Martine (c'est le nom de l'assistante) a trouvé cette attention délicate. Elle a remercié sa patronne en la médiumisant gauchement car elle, elle n'aime pas la fellation. Comme dit

---

(1) Sans un minimum de culture, tu ne peux pas comprendre la feinte, mais te tracasse pas, ça ne t'empêchera pas de mourir.

San-A.

Toinet, c'est pas encore de son âge. Ça les prend plus tard. Seulement leurs bonhommes n'attendent pas et vont se faire pomper ailleurs, si bien que les femmes mariées ne sucent guère que leurs amants. Sauf dans la version secondes noces où la femme est équipée de son expérience antérieure et te négocie le braque d'entrée de jeu.

Tu penses que Marie-France, juste avec un médius trembloté dans la moniche, elle va pas loin question extase. Aussi suis-je le bienvenu.

Je lui paie une séance classique dite de « présentation », le côté : montre un peu tes trésors, voilà mon capital ! Je sais faire ça, ça, ça et encore ça ; mais c'est juste pour te révéler les perspectives d'avenir. Plus tard, si nous en avons un, t'auras droit à un exposé détaillé. On reprendra tout point par point. On développera. On précisera. On hissera la grande verge, comme dit Poirot, on baissera le froc et on s'en ira taquiner les alizés du bonheur.

C'est une très belle troussée de rencontre, franche et cordiale. N'empêche qu'en fin de parcours, elle a les miches en sang à cause du tapis en ratafia ou je ne sais... Mais contente. Soulagée.

— Y a combien de temps que tu n'avais pas baisé, chérie ? je m'inquiète.

C'est là qu'elle me raconte Martine dont elle lichouille un brin l'entre-deux. J'ai interverti dans la narration, mais c'est pas grave. Des

julots, elle s'en ai pas appuyé depuis l'internat.
Ici, c'est la chasteté complète. Personne ne
vient la voir. Simplement, elle a taillé une pipe
à un crouille voici un an. Un gonzier qui
travaille à la Régie lui aussi, jeune et beau. Elle
lui a fait une piqûre d'héparine dans le ventre.
Malgré la douleur, le gars bandait turc. Marie-
France a pas pu résister et lui a turluté la
guiguite. Le mec, il avait pas l'habitude de ces
mignardises : un Kabyle, tu penses ! Plein les
badigoinsses, la Marie-France ! Perrier c'est
fou ! Elle a failli s'étouffer. Tu le crois, toi,
qu'abondance de biens ne nuit pas ? Mon œil !

Donc, elle a droit à son forfait voyage, tous
frais compris. M'en est reconnaissante. Se love
dans mes bras. Elle *love me* ! Je lui mignarde
encore la nuque, bien lui montrer qu'il s'agissait
pas de la troussée de rencontre, brutalement
perpétrée et aussitôt oubliée, mais d'un vrai
moment d'abandon, avec ramifications possi-
bles, perspectives envisageables, suite au prochain numéro.

— La vie est merveilleuse, soupire-t-elle. Je
mangeais tristement mon sandwich devant la
télévision. Et puis on sonne et c'est toi avec ta
superbe queue et ta fougue amoureuse ! Au
fait, que lui veux-tu à la pharmacienne ?

J'ai un sens, ma pomme ! Je sais quand je
peux y aller franco dans les confidences. Au lieu
de biaiser, finasser, Marie-France, je lui déballe
toute la *story*. C'est de la gonzesse ferme sur ses

pieds, pas le genre à grimper sur la banquette quand elle aperçoit une souris. Je lui parle de Francine de Saint-Braque et de son « œuvre » de bienfaisance. Elle pouffe. C'est les gorges chaudes du patelin, ces jeunes malfrats hébergés qui tringlent toute la nuit des femelles en délirade. Je développe : Riton, son incursion nocturne à la pharmacie, sa macabre découverte. La suite avec moi. Des abats remplaçant (selon la conviction de Riton) les horribles reliefs qu'il avait trouvés dans le frigo. Et puis l'assassinat du garçon et son émasculation. L'horreur, quoi ! La charmante doctoresse m'écoute. Elle a l'air dubitatif. Lorsque j'en ai fini, je lui demande ce qu'elle pense de « tout ça ».

— Rien ! me répond-elle catégoriquement.

— Mais encore ?

— Quand tu verras la mère Purgon, tu n'auras plus le moindre doute à son sujet. Elle, collectionner des phallus ! C'est à se demander si elle en a seulement vu ! Elle n'a jamais été mariée, a dû être lesbienne au temps de sa sexualité, vit pour des chats qui empestent son logement et y voit si peu derrière ses énormes lunettes qu'elle se sert d'une loupe pour rechercher certains médicaments dans ses casiers. Elle parle depuis deux ans de vendre son officine, met pour cela des annonces dans les journaux spécialisés, mais se dérobe quand un acquéreur éventuel se présente.

— Et sa préparatrice ?

Marie-France hausse les épaules.

— Une grosse gourde mariée à un chauffeur de taxi de Mantes-la-Jolie. Elle ne parle que de ses gosses qu'elle admire. Tu la laisserais avec une botte de foin, elle la boufferait. Du reste elle passe son temps à manger n'importe quoi : des Mars, des biscuits, des bananes. Une boulimique !

— Il existe un livreur arabe, m'a-t-on dit ?

— Je l'ai vaguement aperçu. Il a une bonne bille. Vraiment pas la tête à sectionner des sexes et à les ranger dans le réfrigérateur de la pharmacie ! De toute manière, il ne pourrait le faire en cachette des deux femmes, ce qui revient à dire que les trois seraient complices.

— Conclusion, le pauvre petit Riton s'est berluré ?

— Comment veux-tu qu'il ait eu raison ? Cette histoire est tellement énorme, tellement saugrenue !

— Il n'empêche que le petit vaurien est mort et qu'on lui a coupé l'appareil reproducteur, mon gentil docteur ! Et ça, c'est pas un mirage : je l'ai constaté de visu !

On sonne impérativement. Comme ma partenaire est toujours à loilpé, c'est moi qui vais délourder. Je trouve Béru sur le paillasson, ronchon.

— Tu t'fais cuire un'soupe au lard, ou bien

l'docteur t'bricole un ketchup ? demande l'En-flure vivante.

Puis il aperçoit Marie-France, assise en tail-leuse (de pipes) sur le tapis de coco. Depuis l'entrée, on lui voit bien tout, et c'est féerique. Le Gravos en bave de stupeur.

— Ah ! bon, j'comprends, murmure-t-il. M'sieur l'commissaire s'est laissé tirlipoter la corne d'abondance pendant qu'les potes fassent l'pied d'gruau déhors ! Ça m'eusse étonné qu'l'enquête à m'sieur l'commissaire passasse pas par les miches d'une pécore !

— T'as la mémoire courte, Sac à merde ! Que faisais-tu naguère, au château ?

Il sourit.

— Très juste, Bébé Chibre : une occasion d'tremper l'biscuit c'est sacré. C'est l'épouse au méd'cin, cette belle dame ?

— C'est le docteur en personne.

— Oh ! dis donc, é pourrait pas m'faire un p'tit contrôle du gros chauve à col roulé, du temps qu'on y est ? Des docteuses commak, moi j'les fais viendre tous les matins à mon chevalet pour me prend' la température avant d'm'lever.

Il s'avance, galantin, le chapeau à la main, façon mousquetaire rencontrant Anne d'Au-triche dans un couloir.

— Mes hommages et meilleurs vœux, petite médème. C'jour est à remarquer d'une paire blanche car j'm'ai plus souvent trouvé à poil d'vant un docteur qu'l'contraire.

Marie-France regarde le Mastar et me demande :

— C'est quoi, ça ?

— Mon auxiliaire, avoué-je sans forfanterie.

— Intéressant, fait-elle. Il lui arrive de se retourner quand une femme nue enfile sa culotte ?

— Jamais, assuré-je, c'est un spectacle trop fascinant.

Elle se lève, aidée par le gentilhomme que je sais être dans les cas d'exception et, sans pudeur, réintègre un merveilleux slip (slip, slip, hurrah !) de couleur tilleul, en harmonie avec ses yeux.

Béru déglutit, essuie sa bave d'un revers de manche et murmure :

— On dira c'qu'tu voudras, mais une femme, c'est plus beau qu'un cheval.

— Pourquoi qu'un cheval ?

— Parce qu'on peut monter su' les deux. Y en a un qui t'emmène plus loin, mais l'aut' t'emmène plus haut.

— Il est poète ? me demande Marie-France.

— Surtout quand il est à jeun, dis-je. Bon, nous allons prendre congé de vous, mon cœur.

— T'as pensé au moins à ce dont t'es v'nu faire au départ ? s'inquiète Gros Trognon.

— Oui, mais c'est négatif.

Je résume les appréciations portées par le docteur Pardevent sur la pharmacie de Vilain-le-Bel et ceux qui l'exploitent.

Dès lors et sans crier gare (bien qu'il soit plus cocu qu'un chef de), le Mammouth explose :

— Ecoute, grand malin. De deux choses l'autre : ou bien la petite frappe a été scrafée par quéqu'un du château, ou bien par quéqu'un d'la pharmacie ; c'est net, précis, sans bavures et taillé dans l'bronze. Moi, contrair'ment à toi, son histoire des bites dans l'frigo (pardonnez l'espression, docteuresse, mais vous savez c'que c'est !) j'y croive, Sana. Et t'sais pourquoi j'y croive ? *Parce qu'un truc pareil, ça n's'invente pas*. Et aussi parce qu'on a coupé la zézette au Riton. Alors, la pharmacienne faut qu'on en aye l'cœur net. L'avis de la jolie médème, qu'au fait c'est la première fois qu'je voye un slip d'cette couleur délicate, j'dis pas qu'il est faux, j'dis simp'ment qu'é peut se gourer. Les gens, t'as l'impression qu'y sont d'une manière et puis tu t'aperçoives un jour qu'y sont t'aut'ment. C'est la vie !

Un silence mélodieux succède à cette assertion véhémente.

— J'vous d'mande pardon, ajoute brusquement Béru.

Il quitte le salon pour gagner l'entrée où il lâche une salve de pets quatorzejuillesques. Revient, en s'éventant le fond de pantalon de la main.

— Ça n'rapporte pas grand-chose, mais ça soulage, déclare-t-il. Docteuresse, compte t'nu de la monstre tringlée qu'a dû vous fournir mon

commissaire, v'sereriez-il consentante pou'
nous donner un coup d'main ?

Dominée par la péremptoirité de l'homme
moumouté, Marie-France se contente d'un
acquiescement muet.

Le Gros enregistre l'assentiment avec satisfaction. Il se tourne vers moi.

— Grand, tu connais mon don ?

— De pétomane ?

— Non, d'voiliance. T'sais comment qu'j'renifle les choses par moment ?

— Comme un goret les truffes, renchéris-je.

— Positivement, fait Mister Gras-double,
charmé de la comparaison (la noblesse du
second nom corrigeant la rudesse du premier).
Tu appelles l'service des écoutes et tu d'mandes
qu'on branche le biniou d'la pharmagote. N'ensute, la docteuresse va tuber à c'te dame pour
lui dire qu'é vient d'rec'voir un coup d'turlu
anonyme comme quoi, y lu arrive d'emmagasi-
ner des pafs d'hommes humains dans l'frigo
d'son arrerière-boutique, vous m'suvez-t-il,
docteuresse ? Vous chiquez à l'indignée. Vous
disez à la vieille qu'é doit porter plainte,
qu'c'est un mauvais plaisantin, tout ça.

— J'ai compris.

— Et ensuite, poursuis-je, tu espères que la
brave pharmacienne appellera quelqu'un pour
lui répercuter la nouvelle ?

— Si c'qu'à vu le môme Riton s'rait véridique, il est fatal qu'la dame a un complice et qu'elle l'affranchirera.

Nous sommes allés quérir M. Blanc et on bivouaque dans le salon de Marie-France en consommant des biscuits dont le docteur possède une grande boîte, et en buvant une bouteille de vin de Loire (son pays d'origine, à ma jolie praticienne).

J'ai suivi point par point les instructions du Gros. La pharmacie de Vilain-le-Bel est sur écoute. Marie-France a balancé son coup de turlu avec une véhémence indignée de bon aloi, et nous attendons d'éventuelles réactions. Aux dires de ma nouvelle conquête, Mme Purgon a pris la chose avec humour. Elle a même précisé que si elle collectionnait les bites d'hommes, c'est pas dans son réfrigérateur qu'elle les mettrait, ce qui opposerait un démenti aux rumeurs faisant d'elle une lesbienne sur la touche. Quand le docteur Pardevent lui a parlé de la police, elle a éclaté de rire en affirmant qu'elle n'allait pas importuner les pandores du cru avec des balivernes aussi grotesques.

Et voilà, on attend.

Le coup de grelot de Marie-France remonte à vingt minutes et le « service des écoutes » ne nous appelle toujours pas, malgré mes instructions. Bérurier est déconflit. Son don semble partir en sucette. Pour couper court à nos regards sarcastiques, il visionne la téloche.

M. Blanc louche sur les jambes de notre hôtesse. J'ai idée que ses vacances au pays l'ont bien conditionné pour lui faire apprécier les femelles de nos contrées tempérées.

Moi je me dis qu'on stagne. Tout ça cacate, branle au manche. Ça devient un peu incohérent comme enquête. Bien joli de faire dans l'inspiration, mais quand ça ne paie pas, on se ramasse vilainement.

Au bout d'une plombe, Marie-France déclare que le gros sac a mis à côté de la plaque et que c'est elle qui a vu juste : la vieille pharmacienne est plus blanche que l'hermine.

De guerre lasse, Blanc s'intéresse également à la tévé où l'on programme un documentaire sur l'élevage de la bergamote dans les steppes de Nancy.

— Pourquoi ne passerais-tu pas la nuit ici ? me chuchote Marie-France à l'oreille.

Drôle de propose qui me prend au tu sais quoi ? Dépourvu !

L'idée chemine à toute vibure dans ma tronche. Ayant récupéré de la troussée prodiguée en trombe, je suis redevenu l'un de ces « rêveurs du sexe » qui fournissent les amants de qualité parce qu'ils ont envisagé mille ingénieuses combinaisons amoureuses et s'en sont donné l'envie incoercible avec les moyens de la satisfaire.

— Chiche ? je riposte.

— Tu me plais follement ! répond-elle.

Je caresse sa hanche de violoncelle et me dresse.

— Bon ! Il est l'heure de regagner Paris, mes agneaux, dis-je aux duettistes. Rentrez tout deux avec la voiture de Jérémie, moi je vais attendre encore un peu.

Sa Majesté se marre.

— Alors là, docteuresse, rigole-t-il, j'vous prédis une soirée d'gala ! Out' le fait qu'c'est toujours meillieur la deuxième fois, not' Sana, lui, y s'dépasse quand y fait rebelote ! L'inventerie qu'il déballe, le mec ! V's'allez êt' su' le cul, sans jeu d'mots ! Des combines, j'vous jure ! Un zig qu'aurait quat' bites, comme bouddha, il y arriverait pas ! N'oublille pas d'y pratiquer la porte-fenêt' coincée, Tonio, et aussi la tyrolienne bulgare, friponne comm' on la d'vine, j'sus certain qu'elle la raffolera ! Et l'masseur javanais, dis ? L'oublille-pas. Non plus qu'l'gyroscope en folie, hein ! Alors là, ma p'tite docteuresse, v'sallez pouvoir mett' vos miches à tremper car j'vous annonce la monstre emplâtrée.

« D'main, c'est probab' qu'vous vous asseoirez debout ! Pour vous c's'ra la journée Pampers-Chantilly ! Dites, l'voiliage dans la lune, faut en r'viendre ! Et pas rater la marche ! T'y es, Blanche-Neige ? Y a qu'técolle qu'auras fait ballon, c'soir. Tu d'vras embourber ta négrote à l'arrivée. Note qu'avec le fion qu'elle transbahute, t'as d'quoi assurer ! T'sais qu'ta Ramadé,

je m'la ferais facile? Roule pas ces lotos,
Glandu : j'plaisante. Slave dit, si un jour t'as
envie qu'on permutionne nos gonzesses, j'te
prête Berthy amical'ment. C'est d'la bête d'race
et pour la manœuv' é remplace un équipage à
soi toute seule. Bon, on s'casse. *Ciao,* docteuresse. A d'main, Antoine. Bonne bourre ;
oublille-pas la d'vise à Tonton Béru qu'est :
plein les baguettes ! »

Ils partent.

Ouf !

— Montons ! invite Marie-France.

C'est au cours de la figure 4 du duc d'Aumale
que son bigophone retentit.

La merde ! Juste on venait de mettre au point
le mouvement de vrille descendant, toujours
délicat ! Elle m'àcalifourchait en souplesse, non
pas agenouillée, mais prenant appui sur les
talons et les poings rejetés en arrière. La
rotation du fessier confinait à la perfection. Elle
avait pigé le velouté de la descente et l'extrême
précision de l'ondulation. J'en faisais la grimace
d'extase, tant tellement c'était *hard,* bon en
plein, phénoménalement exquis. Elle gémissait
suavement. Cette musique ! La femme qui geint
de volupté, je connais rien de mieux en ce
monde ! Ça confine apothéose. Tu te trans-
cendes.

Elle avait déjà eu droit à la tyrolienne bulgare
préconisée par Alexandre-Benoît et qui, en

effet, me semblait incontournable. On partait dans des clapotis miraculeux, en comparaison desquels, ceux du lac de Lamartine ressemblaient à un bruit de bottes dans un marécage. Et puis le téléphone, bordel ! C'est-à-dire le court-circuit de nos sens. La chute vertigineuse. De quoi te faire disjoncter !

Marie-France, c'est le singe de Pavlov. Pour elle, toubib, le turlu, c'est la voix de son maître. Me désemplâtre d'autor. Moi, je me dis : « C'est les écoutes ». L'espoir contrebalance ma déroute sensorielle. Je veux bien dégoder si c'est pour une noble cause. Ma merveilleuse partenaire décroche. Je m'attends à ce qu'elle dise : « Je vous le passe ». Mais non. Elle empare un crayon, se penche sur un bloc. Elle répète :

— Mazupot, hameau des Lanterniers.

Puis elle demande :

— Vous avez pris sa température ?

....

— Combien a-t-il ?

....

— Ça l'a pris à quelle heure ?

....

— Combien de cachets ?

....

— Ne lui donnez plus rien, j'arrive.

Elle raccroche. Mézigue, j'ai la bite en berne. Ah ! dis donc, c'est pas le nirvana de calcer une doctoresse. Les appels de noye, merci bien, en pleine bouillave, faut avoir la nervouze qui réponde !

— Grave ? je demande, tandis que ma tête de nœud joue à la barrière du passage à niveau avant le passage du train.

— Il faut voir. La plupart du temps on nous dérange pour rien, mais une fois sur cent c'est sérieux, alors, à cause de cette fois-là, on doit se déplacer. Surtout que c'est d'un enfant qu'il est question. J'espère qu'il ne démarre pas une méningite.

Tout en parlant, elle se loque : slip, soutien-loloche, jean, pull, mocassins, veste de daim, la giberne servant de trousse.

— Veux-tu que je t'accompagne, mon amour ? proposé-je.

— Non, tu n'es pas prêt ; je ferai le plus rapidement possible.

Elle va à la porte et me lance avant de sortir :

— Surtout ne t'endors pas !

— Ne t'inquiète pas, ma puce, tu seras accueillie avec les honneurs dus à ton tempérament.

Elle me lance un baiser. Moi je lui fais adieu avec ma bite.

Il y a des chouettes rencontres dans la vie.

Et puis, brusquement, je repense à Toinet que j'ai abandonné chez les Bérurier. Tu parles d'un père adoptif que je fais ! Je bondis sur le tubophone de ma gentille hôtesse pour compo-

ser le numéro des ogres et, justement, c'est le
môme qui décroche.

— Ah ! bon, tu es toujours là ! approuvé-je.

— Et comment !

— Ne me dis pas que tu es seul ?

— Non, mais la grosse roupille et l'oncle
Béru n'est pas encore rentré.

— Je ne vais pas pouvoir te reprendre, il
faudra que tu te fasses ramener à la maison en
taxi, demain matin, tu as école !

— Te bile pas.

— Berthe t'a emmené au ciné ?

— On a changé d'idée.

— Qu'avez-vous fait ?

— L'amour.

Je m'étrangle.

— Pardon ?

— Tu vois, j'avais idée de me la grimper,
cette vache, alors ça s'est fait tout seul. Elle m'a
proposé de visionner une cassette porno, le
reste a suivi.

— Mais c'est du détournement de mineur !
On pourrait l'envoyer au gnouf, cette salope !

Il rigole :

— Hé, grand : mollo ! J'y ai mis du mien.
C'est ma pomme qu'a pris l'initiative. Ce spectacle ! Je l'oublierai jamais ! Sa babasse, c'est un
porche d'église avec du poil autour ! Tu m'aurais vu : Tintin au Congo ! Je crois que t'aurais
été fier de moi.

— Fier de ce qu'un merdeux de pas quatorze

ans saute une affreuse vachasse putasse et merdassière ! m'écrié-je.

Il calme le jeu :

— Justement, grand. Réfléchis : un gamin capable de s'attaquer à une grosse pute comme la mère Berthe peut s'attaquer ensuite à n'importe qui ! Les gonzesses ne me font pas peur, et je les passerai toutes à la casserole. Je veux te faire honneur, Antoine. Marcher sur tes brise-jets. Un môme élevé par toi doit se comporter comme toi ! T'as toujours été mon idole, mon vrai papa.

Tu sais qu'il m'arrache des larmes, ce loustic ?

Après tout, moi aussi, à quatorze ans, je me laissais pressentir l'intime par Mme Ghirelli, la couturière de maman. La fois que je suis allé chercher une robe retouchée en rentrant de l'école. Mme Ghirelli avait pas complètement terminé son travail et m'a demandé d'attendre. Une belle femme plantureuse, brune et foisonnante, avec un regard qui plongeait dans votre braguette à pieds joints. Elle piquait sur sa vieille Singer dont elle actionnait la pédale.

« — Tu peux étudier tes leçons en attendant, Antoine ! »

Elle m'a désigné un pouf bas, en face d'elle. J'ai pris un *book* pour la forme, mais je n'avais d'yeux que pour ses cuisses écartées sous la machine. On voyait ses jarretelles, sa culotte rose. Cette trique ! Je me trouvais en état d'hypnose.

Elle a fini par s'en apercevoir, vu qu'elle me parlait et que je ne lui répondais pas. Elle a cessé d'actionner la pédale en forme de grille. Ses jambes se sont ouvertes davantage. Te dire si elle était cochonne, la dame ! Ça l'excitait de m'exciter. Souvent, tu remarqueras ce phénomène d'auto-allumage dans les rencontres. Cette entre-mouillance émouvante ! Moi, j'appelle ça le « bonheur ». C'est spontané, intense, comblant.

Elle s'est levée sans rabaisser sa jupe qui restait remontée sur ses belles cuisses viandues, et s'est approchée de moi. Elle s'est accroupie en face de moi et m'a caressé la queue gentiment, pour m'apprivoiser.

« — Mais qu'est-ce que je vois, on est un petit homme déjà ! »

Tu l'aurais vue m'extrapoler le Nestor, Mme Ghirelli. Cette habileté. Des mains de fée. Son regard était glauque de désir. Sa voix rauque. Elle pointait sa langue entre ses lèvres sensuelles. Un petit coup de semonce sur le filet. Mon zob se cabrait. Un alezan sauvage prêt à se dresser sur ses pattes arrière. J'ai eu droit à un début de turlute. Elle me bavait autour du gland.

Brusquement elle a dit : « Viens, bandit ! ». Ça m'a fait chier qu'elle me traite de bandit, mais je me suis dit qu'elle devait être conne et qu'il fallait pas s'arrêter à des maladresses. Bonne couturière, fière pétasse, mais conne à n'en plus pouvoir.

Elle m'a entraîné jusqu'à sa chambre, de l'autre côté du vestibule. Y avait des pantoufles d'homme près du lit et le *Chasseur Français* sur la table de nuit, du côté où devait dormir son époux. En moins de chiche, elle a eu posé sa culotte rose, s'est massé la poiluche de ses longs doigts pour rectifier la raie médiane. Et hop ! Présentez votre titre de voyage, embarquement immédiat.

Franchement, je serais infoutu de te raconter la suite, ni si ça été long, ni si ça été bon, rien. Le *schwartz* dans ma mémoire. Un youp lala vertigineux. Mon sexe avait les yeux bandés. Il ignorait où on l'emmenait. La couturière me disait des choses. Là encore, je ne me souviens de rien. Elle roucoulait comme une vieille pigeonne. Je me suis dispersé à l'aveuglette. Elle a ri, cette archiconne ! A un pareil moment ! Un instant aussi capital de ma vie ! Elle se marrait en vraie connasse qu'elle était.

Et puis elle est allée en trottinant large jusqu'à sa salle de bains pour se rectifier l'intime. En est revenue tenant une serviette-éponge dont elle m'a consciencieusement fourbi la ziquette. Obligeante, dans le fond. Maternelle !

Elle est retournée finir les retouches. Elle a dit en emballant la robe dans un carton :

« — J'espère que ça ira. S'il y avait encore quelque chose qui cloche, ramène-la-moi ! »

Un sourire goulu. Une œillée salace. Je pense que ça devait lui titiller le mollusque de toujours pédaler sur sa Singer vénérable. Tout ça pour te dire qu'Antoine, hein ?

Bon : la vie est là qui embarque son monde. Chacun son tour...

Je m'allonge nu sur le lit modeste de Marie-France. Tu crois qu'il a une méningite, le petit garçon Mazupot ?

L'aboiement d'un chien me fait sursauter. Je constate alors que, contrairement à ma promesse, je me suis bel et bien endormi dans mes évocations de Mme Ghirelli. Ce clébard bruyant qui jappe à la lune m'a arraché à mes rêves de stupre. La lampe de chevet posée sur un coffre servant de table de nuit répand sa lumière opaline. Je regarde l'heure et sursaille : quatre plombes et des ! Or ma gentille doctoresse est partie bien avant minuit. M'est avis que ça s'est mal passé avec l'enfant malade et qu'il a fallu l'hospitaliser à Versailles ou à Mantes. N'empêche qu'elle devrait tout de même être de retour, Marie-France. Et si elle avait eu un accident ?

Je ronge mon frein, mais pas longtemps. Très vite me voilà à feuilleter l'annuaire téléphonique des Yvelines. Vilain-le-Bel... C'est tout à fait à la fin. Le nom des parents qui ont appelé

ma potesse est comme gravé dans le bloc car
elle appuie sec en écrivant, cette énergique.
Mazupot. Je me le rappelais d'ailleurs. Il est
dans une page de droite. Mazupot Albéric,
horticulteur, lieu-dit les Lanterniers.

Je compose le numéro. Ça carillonne à plusieurs reprises avant qu'une voix d'homme, un
peu pâteuse, ne dise :

— Oui ? Qu'est-ce que c'est ?

— Monsieur Mazupot ?

— Lui-même. Pourquoi ?

— La doctoresse se trouve-t-elle encore chez
vous ?

Ligne de points suspensifs (dont je te fais
grâce).

Mazupot grommelle :

— La quoi ?

Et c'est là que la raie des miches commence à
me servir de cheneau. Me voici inondé de
sueur, tout soudain, pis que si j'avais plongé
tout habillé dans la Seine. J'ai le guignol tordu
par l'angoisse.

— Le docteur Pardevent que vous avez
appelé dans la soirée pour votre petit garçon,
insisté-je.

Le mec bâille. Il dit :

— Nous n'avons pas appelé le docteur et
notre petit garçon est au service militaire. C'est
une erreur... ou une blague !

— Probablement, fais-je misérablement.

Pour aller aux Lanterniers, en partant du centre de Vilain-le-Bel, par où doit-on passer ?

— Le chemin à droite, tout de suite après l'église. Vous le suivez sur à peu près deux kilomètres et puis vous apercevez nos serres.

— Merci.

— Pas de quoi.

Il raccroche. J'en fais autant.

Je stoppe devant la pharmacie Purgon. Sa croix verte ne clignote plus et tout est éteint au-dessus du magasin. Le gros bourg dort sagement sous un clair de lune haché par des nuages filandreux. Il va sûrement pleuvoir. Je repars. La route à droite, « tout de suite après l'église ». Eglise à la Vlaminck, légèrement de guingois. Quelques maisons de village, cossues, avec des jardins entourés de hauts murs. Et puis la campagne, déjà un peu normande, pleine de pommiers courbés sous leurs fruits. Un terrain de foot flanqué de constructions en préfabriqué. Enfin des terres à blé ou à maïs, des fermettes et leurs hangars abritant des machines agricoles.

Je roule à l'allure d'un taxi maraudeur. Je cherche en ayant peur de trouver. Là-bas, le chemin décrit une courbe, longe une mare, aborde un boqueteau. Je ralentis encore. « C'est là ». Un flic branché et qui possède le sixième sens poulet ne saurait se gourer. Et, en effet, j'aperçois un scintillement de vitres et de chromes entre les arbres. Je pile sur le bas-côté et m'élance.

C'est une Peugeot 5 CV blanche, avec le crocodile Lacoste peint sur la carrosserie. Le caducée rouge collé au pare-brise. Derrière le volant, Marie-France, la tête ravagée par une balle de gros calibre qui lui a fait sauter la calotte crânienne. Elle a un gant de cuir enfoncé dans la bouche. Sa trousse est posée à l'arrière de la voiture. Les vitres du véhicule sont embuées bien qu'elle ne respire plus depuis longtemps.

Je referme sa portière. Malade à dégueuler d'une tristesse cosmique. Je m'accagnarde au capot. Mes pensées font la toupie sous mon crâne. Je me dis : « Ce con de Bérurier l'a tuée avec sa combine à la noix ! »

Je voudrais cogner sur mon pote. L'injurier. Je voudrais...

Je voudrais, je voudrais, je voudrais...

Et puis je chiale à sec.

DES NUITS D'AMOUR
À EN MOURIR

A gauche de la pharmacie, il y a une allée équipée d'une porte vitrée à travers laquelle on voit un escalier garni de tomettes, des murs aux pierres apparentes et une grosse rampe de bois à balustres Louis XIII. L'ensemble fait vieil immeuble rénové par un promoteur connaissant parfaitement les goûts des gens amateurs « d'ancien ». Il faut actionner un contacteur d'appel pour se faire ouvrir, mais ce genre de jolie serrure en laiton, tu me confies une pièce de deux francs et je te lui fais rendre gorge en moins de temps que tu en mets pour te briquer le frifri après le départ de Charles-Henri, l'ami d'enfance de ton époux.

Je gravis dix-huit marches qui me hissent au palier de Mme Purgon, la pharmacienne.

Cette fois, l'ami sésame a maille à partir avec deux verrous récalcitrants. Celui du haut, surtout, chinoise. Les fabricants de serrures sont de plus en plus talonnés par les assureurs qui exigent de la performance, question sécurité. Conclusion, les malfrats et moi perdons désormais dix minutes sur des fermetures qui, jadis, ne nous mobilisaient qu'une trentaine de secondes. Et ça change quoi à la finalité des choses ? Tu peux me le dire, les yeux dans les yeux, comme répète Jean-Marie Le Pen ?

J'escrime en rongeant mon frein à main (j'ai moins à me baisser qu'avec le frein à pied) et finis par obtenir gain de cause.

Une infecte odeur m'agresse les narines (et même les tympans, tant elle est forte !). Moi, j'aime les chats, mais à l'unité. Dès qu'il y a séminaire, je biche la gerbe. Ça fouette tant tellement que je me demande si je vais pouvoir affronter la chatterie. Surtout que voilà déjà une horde de greffiers frôleurs qui se frottent contre mes jambes en ronronnant bas, ce qui est poli de leur part.

J'hésite à shooter dans le tas, mais tu es tellement chinois que tu irais me rapiner à la Société Protectrice des Animaux pour qu'elle entreprenne une « action » contre moi ! Alors j'écarte du panard, mais en douceur.

L'entrée est rectangulaire, meublée d'un canapé à deux places et d'une patère avec miroir. En face, t'as la double porte vitrée du salon, à droite la cuistance et à gauche, la chambre. Mme Purgon, en femme qui vit seule et commerce toute la sainte journée, n'a pas besoin de disposer d'un palais, le soir, pour aller filer du mou à ses matous et cloquer ses abats à elle entre deux draps de lit.

Silencieux comme ce que tu voudras (sauf une ombre, j'en ai plein les meules de ces clichés à la con), je passe au livinge. Madoué! Faut aimer! Des paniers capitonnés sont en queue leu leu. Des jattes de lait, des assiettes dans lesquelles subsistent des reliefs de nourriture débectante. Il y a des poils partout vu qu'elle produit dans l'angora, la mère! Une caissette emplie de sable où cette engeance chatounesque pisse et défèque royalement.

Je suis confronté (comme on dit en style d'époque) à un mobilier ancien, pur breton de la nationale 13, avec adjonction de bassinoires en cuivre, de plats à barbe en faïence, de rouets en bois tourné, vue nocturne du Mont-Saint-Michel, vue diurne de Pont-Aven peinte sur écorce d'arbre en plastique.

Je vois une « travailleuse » ouverte, hébergeant un ouvrage indéfinissable. Le fauteuil avec repose-pieds est garni de coussins avachis. Bref, c'est l'antre d'une personne âgée en fin de parcours qui s'écoute vieillir en caressant ses chats.

Sur une console, j'avise le téléphone. Un bloc et un crayon l'escortent, mais il n'y a rien de marqué sur le bloc. Je passe alors à la cuisine. Mémère doit avoir une femme de ménage car de la vaisselle sale est rassemblée dans la cuvette de l'évier et la table n'est pas complètement desservie. Du pain dans une corbeille, un calandos à l'abandon dans sa boîte (au milieu de son papier, il a l'air d'un colombin), quelques fruits en cours de pourrissement dans un compotier, des miettes, une bouteille d'eau minérale ; c'est pas la joie. Non, franchement, il n'est guère envisageable que la femme habitant ici puisse être mêlée à une affaire de meurtres et de bites coupées.

Les greffiers enhardis se font de plus en plus pressants dans mes cannes. Ils miaulassent. N'ont pas faim, mais aimeraient des caresses. Je flatte du bout des doigts les échines arquées, duveteuses. Les queues dressées vibrent comme l'antenne radio d'un camion dont le moteur tourne (et Dieu sait que leurs moteurs tournent, à ces bestioles).

J'éteins ma torche électrique et me risque à ouvrir la chambre. L'odeur qui s'en dégage n'est guère plus réjouissante que celle qui flotte dans l'entrée et au living. Ça fouette le vieux, le remède, la pisse froide. La mère Purgon ronfle d'une manière affolante qui te panique car tu crois à tout bout de champ qu'elle vient de claquer et que son souffle s'est arrêté net, au sommet d'une côte. Et puis il y a un brin de râle et ça repart. La fenêtre sans rideau répand sur sa couche une lumière blanche, calamiteuse. Elle est de ces vieilles gens qui ne tirent pas les rideaux parce que la clarté du jour les rassure.

Je fais deux pas sur un tapis et j'avise une

tronche large, ridée. Visage plat, gros sourcils encore gris, cheveux blancs coupés court. Mammy porte une chemise de nuit chaste. Il y a un crucifix à la tête de son plumard, flanqué du traditionnel petit rameau de buis jauni (ce goupillon du pauvre). Sur sa table de noye, un verre où ses dominos font trempette dans une solution mousseuse. Non, Sana, t'as rien à glander ici. Rien à espérer. Le mystère se trouve ailleurs. Malgré la logique, le coup de turlu de la pauvre Francine à la pharmagote n'a rien déclenché. Elle est hors circuit. Il faut chercher ailleurs la clé de ce patacaisse invraisemblable.

Je me retire à reculons. Hélas, les chats sont entrés en force dans la chambre de leur bienfaitrice et se ruent sur son lit qu'ils piétinent en ronronnant tout autour de sa figure. Si bien que la vioque se réveille et se dresse sur son océan (comme dit Béru).

— Mais que faites-vous là, mes mignons ! s'écrie la digne vieillarde. J'avais pourtant fermé ma porte !

Moi, immobile, je n'ose risquer un mouvement. J'attends, espérant qu'elle ne va pas donner la luce et que ma présence ne lui sera pas révélée. Chimérique ! Mémé actionne sa poire électrique. Et, d'emblée, elle m'avise. Eh bien, mon vieux, je dois te dire une chose : chapeau ! Elle est très bien. Pas d'affolement,

de trouille noire, d'au secours intempestifs.
Calmos !

— Ah ! Ça, alors ! Mais qui êtes-vous et que
faites-vous ici ? elle me lance.

La personne cultivée. Elle dit pas « qui vous
êtes », et pose la liaison à que faites-vous z'ici.

Un peu pris au dépourvu, ton Antoine,
amigo.

Je lui souris. Ici que les Athéniens s'atteigni-
rent, que les Perses percèrent et que les croisés
sautèrent par les fenêtres, comme disait papa
dans ses bons jours. Faut faire front quand t'as
à gérer un tel capital de mouscaille. Et bon,
s'agit de débrouiller l'écheveau. Primo : ma
carte tricolorisante, rassurante, policée.

— Commissaire San-Antonio, madame
Purgon.

Mais elle, ça ne résout pas sa perplexité.

— Et vous pénétrez par effraction chez les
vieilles dames endormies ?

— L'heure est grave, me justifié-je.

— Je l'espère bien, et probablement ne l'est-
elle point encore assez pour justifier cette
illégalité.

Bon, le beau langage, dans le fond, ça
m'arrange. La rogne n'a pas le temps de phra-
ser. Quand tu fulmines, c'est pas au subjonctif.
Donc, mammy reste urbaine, sereine et tout.

— Ce soir, n'auriez-vous pas reçu un appel
téléphonique du docteur Marie-France Pardevent ?

— En effet.

— A quel propos ?

— Elle m'appelait à cause d'un canular grotesque.

— Puis-je en connaître ?

— Elle avait été prévenue que je détenais des sexes masculins sectionnés dans le réfrigérateur de mon officine.

Elle pouffe. Et moi, en père turbable, comme dit le Mahousse :

— Ce qui est faux ?

Là, elle affiche « pouce, je ne joue plus », mémère.

— Parlez-vous sérieusement, inspecteur ?

N'étant pas mégalo, je ne rectifie pas son erreur de qualificatif.

— Un policier ne repousse jamais rien sans s'être informé.

— Une telle déclaration ne vous fait pas sursauter ? me demande-t-elle.

— Des sursauts, madame, dans mon métier, j'en ai si fréquemment que je crois parfois avoir contracté la danse de Saint-Gui.

Elle cale son dos avec ses oreillers.

— Comment savez-vous que la doctoresse m'a téléphoné, elle vous a prévenu ?

— C'est cela.

— L'idiote ! Elle a cru à une farce aussi énorme !

— Je ne sais si elle y a cru, toujours est-il qu'elle en est morte.

La vioque, du coup, prend les couleurs attrayantes d'une jatte de crème.

— Mais que me baillez-vous là ! Est-ce une farce cruelle ou bien faisons-nous un cauchemar ?

— Peut-être les deux réunis, madame Purgon. Après l'appel téléphonique du docteur Pardevent, avez-vous parlé à quelqu'un ?

— Absolument pas : j'étais déjà au lit et je me suis rendormie aussitôt ; je trouvais la chose tellement insensée ! Comment cette petite a-t-elle été tuée ? Car elle aurait été tuée, si j'ai bien compris ?

— Une balle dans la tête. Travail de professionnel. Du gros calibre qui ne plaisante pas. Vous voulez bien vous habiller, j'aimerais que nous conversions ailleurs que dans cette chambre.

— Seigneur Jésus, quelle histoire ! Je peux vous demander de me laisser un instant ?

— Volontiers.

Je retourne dans l'entrée. Les greffiers continuent leur sarabande dans mes quilles. Ils m'ont à la chouette. Les chattes surtout, fatal !

Moi, impudent, mais prudent, je m'agenouille devant la porte de la chambre pour mater par le trou de serrure. Mémère est assise au bord de son pieu, tâtonnant du bout des pieds pour réintégrer ses pantoufles à pompons. Elle s'arrache en geignant, se gratte les miches à travers sa chemise de noye puis se dirige vers sa salle de bains et je l'entends licebroquer. Elle passe un bout de moment dans la salle d'eau pour se bichonner. Serait-elle coquette ? Les vachasses de ce tonneau, quand tu les vois se mignarder, t'as envie de leur dire que c'est pas la peine ; du temp perdu. On ne rafistole pas l'irréparable, ça ne fait que l'aggraver. Elle réapparaît drapée dans un gros peignoir de pilou à carreaux écossais. Elle s'est filé du rouge à lèvres à la n'importe comment. Elle s'arrête à sa table de chevet pour y ramasser ses besicles qu'elle chausse d'un geste lent. Lorsqu'elle déboule dans l'entrée, je suis installé dans le canapé avec deux matous sur les genoux, dont je gratte l'occiput du bout de l'ongle.

— Bon, je suis à vous, soupire-t-elle. Je pense à la petite Pardevent ! Assassinée ! Pourquoi croyez-vous que ce meurtre soit en liaison avec ce qu'elle m'a annoncé ?

Je lui réponds d'un geste vague.

— Vous voulez bien que nous descendions à la pharmacie ? demandé-je.

— Si vous y tenez... Je prends les clés !

Elle va décrocher un trousseau fixé à un clou dans la cuisine, et nous dégageons.

L'officine, avec ses odeurs caractéristiques.

— Je suppose que vous tenez à vérifier le réfrigérateur, inspecteur ?

« L'inspecteur » répond qu'en effet. Mammy va au meuble qu'elle délourde. Dedans se trouvent des sacs de plastique identiques à ceux que j'ai trouvés lors de ma visite nocturne avec Riton, et qui contiennent des tranches d'abats.

— La viande pour mes chats, annonce Mme Purgon. Je l'entrepose ici depuis que mon frigo de l'appartement est en panne. J'en ai commandé un autre voici plus d'un mois et je l'attends encore ! On vous rebat les oreilles avec le chômage, mais c'est la croix et la bannière pour être livré.

J'examine les tronçons de viande, écœurants et fermes à cause du froid. Je les contrôle tous, l'un après l'autre. Rien de suspect.

— Si ce réfrigérateur sert pour vos chats, remarqué-je, où conservez-vous les produits nécessitant une basse température ?

— J'ai un second appareil.

Elle m'entraîne vers une sorte de long comptoir recouvert de marbre, servant aux préparations. Sous la banque se trouve effectivement un frigo, dont le volume évoque ceux qu'on met à la disposition des clients dans les chambres d'hôtel. Je l'ouvre. Des boîtes et des flacons s'y trouvent soigneusement rangés. Je les regarde de près : tout est O.K.

— Autre chose ? questionne la vieillasse.

Je secoue la tête. M'assieds sur un tabouret de fer émaillé, pose mon coude sur le comptoir marmoréen. Temps mort réclamé par l'arbitre ! J'essaie de faire le point. Une nuit d'il y a pas longtemps, le gars Riton, en manque, s'est introduit céans. Il a avisé le frigo, l'autre, dont la porte imite le bois. L'a pris pour le coffiot de la pharmacie et l'a craqué. Le faisceau de sa lampe électrique lui a révélé d'étranges paquets de plastique à travers lequel il a cru voir... Oui : des zobs, mon z'amis ! Sur le coup, le môme a pensé qu'il berlurait. Alors il a voulu en avoir le cœur net et...

Et moi, à cet instant, je me dis formellement que C'ÉTAIENT DES ZOBS ! Là, à la seconde, j'y crois pour tout de bon. Et pourtant, mammy Purgon est l'image même de l'archi-innocence. Cette grosse vieille harassée est incapable de faire du mal à une puce de mouche ! On l'a feintée ! Abusée. Les pafs coupés ont dû transiter une nuit, une nuit seulement, par sa pharmacie. La nuit où Riton s'y est introduit ! Caprice indicible des hasards ! Elle n'en a jamais rien su et, quand on lui parle de la chose, ça la fait marrer !

Bon, il n'y a que deux autres personnes qui aient pu tremper dans cette sinistre histoire : celles-là même qui travaillent pour elle, c'est-à-dire la préparatrice et l'homme de courses.

Et pourtant, cette nuit...

Marie-France téléphone à la vieille. Peu après on la réclame au chevet d'un enfant malade. Bidon ! Elle est assassinée avant d'atteindre la maison du môme. Et cependant, la vieille n'a prévenu personne puisqu'elle est sur écoutes et que le service ne m'a pas appelé.

Faudrait peut-être que je roupille un peu pour être en forme ? M'man me répète inlassablement qu'à trop tirer sur la corde... Puiser dans ses réserves, c'est bien joli, mais elles s'épuisent, et toi avec.

Je songe à Toinet, chez les Béru. J'ai pas envie de rentrer à Saint-Cloud. Maria va me sauter sur le pafoski et se goinfrer de chibre. J'ai de la peine à cause de la pauvre doctoresse honteusement butée. Notre aventure n'aura duré qu'une poignée d'instants, mais ils étaient de première.

Alors, tu sais quoi ?

Franchement, ça ne m'était encore jamais arrivé, un coup pareil : je retourne au manoir de Con-la-Ville demander asile à Miss de Saint-Braque.

Chose curieuse, voire étrange, pour ne pas dire bizarre, lorsque je stoppe ma Maserati devant le perron, une fenêtre qui restait éclairée s'ouvre, et Francine apparaît au premier.

— Oh ! c'est vous, commissaire ! Je descends vous ouvrir.

Fectivement, la voilà qui délourde une porte-fenêtre de la terrasse. Elle est nu-pieds comme l'était ma gentille doctoresse et presque nue tout court, n'ayant pour vêtement qu'une chemise de noye si légère qu'on lui voit le clito à travers.

Elle me sourit.

— J'étais en train de penser à vous, affirme-t-elle. Quelque chose me disait que vous alliez revenir ici dans la nuit. Il est quelle heure ?

J'interroge ma Pasha.

— Bientôt quatre heures ; vous devez me trouver un peu cavalier, non ?

Elle secoue négativement la tête.

— Nous vivons des instants d'exception, murmure-t-elle.

Pour elle, c'est une explication et une excuse.

— Vous paraissez très fatigué, remarque Francine de Saint-Braque.

— Parce que je le suis.

— Avez-vous dîné ?

— Non.

— Venez vous restaurer à l'office.

Ma foi je la suis et bien m'en prend car, trois minutes plus tard, je suis attablé dans une vaste cuistance campagnarde, devant un grand pot de rillettes, du pain de ménage poudré de farine grise et une boutanche de bourgueil. Une bonne vieille horloge à balancier joue du Brel dans un silence rural.

Francine s'est lovée en tailleur, face à moi, dans un fauteuil garni de paille. Elle me regarde manger avec intérêt.

— Vous n'êtes pas un policier ordinaire, murmure-t-elle.

Je prends la voix de la mère Denis pour répondre :

— Ça c'est vrai, ça !

— Votre enquête progresse ?

— A pas de géant.

— Vous avez des résultats ?

— Les résultats, c'est à l'arrivée ; pour le moment, les événements vont bon train.

— Je peux savoir ?

— Vous lirez tout ça dans les journaux.

Cette fin de non-recevoir, loin de la formaliser, la fait sourire. Je la mate froidement. Après tout, elle n'est pas mal. Un peu sèche, un peu « faussement masculine » si tu vois ce que je veux dire.

Non ! Tu ne vois pas ? Je m'en fous, j'ai pas le temps de t'expliquer : c'est trop subtil, on y passerait le reste de la nuit.

— Votre frénésie sexuelle, c'est de famille ? je demande, la bouche pleine.

Elle paraît choquée, se guinde un peu et son regard devient un tantisoit oblique, tel celui d'un chat qui t'emmerde.

Comme elle ne répond pas, je poursuis après avoir dégluti :

— Notez que moi aussi j'aime le cul ; mais je ne crois pas être vicieux.

— Qui vous dit que je suis vicieuse ?

— Les renseignements recueillis aux sources.

— Il n'y a pas de vice, il n'y a que des goûts différents, récite-t-elle.

— Montherlant, complété-je.

Je me retartine des rillettes.

— Elles sont fameuses, assuré-je.

— C'est notre vieille bonne qui les fait.

Elle se déploie pour aller chercher du fromage, et ce faisant, j'aperçois sa chatte en direct. Elégamment fendue, poilue avec tact, d'un rose délicat.

— Est-ce que ces loubars de mes deux apprécient seulement, dis-je avec un soupir.

Elle a compris de quoi je parle. Faut reconnaître qu'elle mijaure pas, la châtelaine. Elle annonce franco la couleur.

— Est-ce important ? demande-t-elle.

— Je ne sais pas ; il me semble. C'est toujours mieux d'être à l'unisson.

Et puis elle m'apporte un superbe livarot moelleux. Et ensuite un plateau avec plein de pots de confitures. J'adore la confiture. Sa cuisinière est à la corde avec m'man, question qualité. De la quetsche, de l'abricot, de la cerise noire, de la tomate, de la fraise ! Je clape en force, tout en vidant le flacon. Voilà un moment à part, délicat. Pas prévu, tu comprends ? Et c'est pour cela qu'il est chouette. Un de ces instants qui sont embusqués dans un coin de la vie, comme un gendarme dans un virage et qui, sans que tu l'aies pressenti le moindre, te plongent dans une félicité béate.

— Je suis bien, avoué-je.

— Tant mieux, dit mon hôtesse. Vous souhaitez dormir au château ?

— Si vous me permettiez de disposer d'un coin de banquette, ce serait volontiers.

Et elle, tu sais quoi ?

— Pourquoi un coin de banquette puisqu'il y a mon lit ?

Plus directe, tu meurs ! Faut du cran pour balancer ça à un perdreau qui s'est rabattu chez toi à propos d'un meurtre, non ? Mais ce qui sauve tout, c'est son calme, cette espèce de classe dans la hardiesse. La façon désinvolte dont elle articule cette propose et qui peut paraître énorme, surtout dans l'univers où elle évolue, Francine !

Elle rit, de son rire froid et vorace à la fois.

— A quoi bon se dissimuler que nous en mourons d'envie l'un et l'autre, commissaire ? Ce tête-à-tête nocturne dans cette cuisine, moi presque nue, vous affamé, porte aux sens de ceux qui ont la chance d'en avoir. Notez que le jour où je suis entrée dans votre bureau, j'ai ressenti un frémissement dans mes endroits secrets. Vous êtes un vrai et superbe mâle.

— Mais flic, hélas, ma chère. Or, un flic ne saurait copuler avec une personne qui vient de trouver l'un de ses amants égorgé et émasculé dans son jardin.

Elle rebiffe :

— Et quoi ! Vous me soupçonneriez ?

— Vous connaissez l'antienne ? Tout le monde et personne !

— Si vous acceptez le gîte et le couvert, ne

pouvez-vous accepter davantage ? Vous man-
quez de logique !

— Probablement.

— Question de « dosage », si je puis dire.
Mes rillettes : oui. Mais mon derrière : non !

Elle s'avance jusqu'à moi, saisit doucement
ma dextre, provisoirement libre, et la porte à
son intimité la plus secrète.

— Après m'avoir plongée dans un tel état
d'excitation ! Tu oserais, misérable, faire passer
un stupide et conventionnel devoir de fonction-
naire avant ta nature de mâle ? Tu conserverais
ce membre féroce (elle me place une main
tombée au bénouze) dans cet état sans rien en
faire ? Mais sais-tu qu'un jour, si Dieu te prête
vie, tu deviendras un vieil homme impuissant,
hanté par ses souvenirs ? Dans ton crépuscule
inerte, tu repenseras à mon sexe humide et tu
comprendras alors le sacrilège que tu auras
commis en laissant cette queue d'airain et cette
chatte ruisselante étrangers l'un à l'autre ! Oui,
commissaire Service-service, dans les brumes
de l'âge, le regret viendra te hanter. Tu pleure-
ras de n'avoir pas bu en son temps à cette coupe
de délices, et ta pauvre queue pendante qui ne
te servira plus qu'à pisser mal sera déshonorée
par cette carence.

Elle m'astique le mandrin avec art et délica-
tesse.

Des larmes perlent à ses cils. De ses lèvres,
légèrement entrouvertes, s'exhale un souffle

d'amour qui embrase mon visage. Elle serait pas un chouïa jobastre, la dame châtelaine ? Un tantisoit siphonnée du bulbe ? Y aurait pas un peu de fading dans son sensoriel ?

— O ma belle queue, soupire-t-elle. Si tu es revenu nuitamment me voir, c'est bien parce que ton être me désirait ; ton subconscient convoite ce que ta raison feint de repousser. Il est trop tard pour reculer. Ou trop tôt ! Tu vas me prendre, ardent poulet. Me pénétrer jusqu'à la garde somptueuse de ta royale épée. Tu verras comme mon fourreau est contractile. Tu vas connaître une infinie jouissance parce que je te désire au-delà du possible. Laisse-moi dégainer ton magnifique membre. Prends-moi, commissaire ! Et sache que si j'étais coupable, tu aurais toujours la ressource de nier cette étreinte. Mais va, rassure-toi, mon superbe : je n'ai rien à me reprocher. Tu peux m'enfiler la tête haute ! Francine de Saint-Braque possède un blason sans tache.

Elle se tait car, parfaitement éduquée, elle ne saurait parler la bouche pleine. Et me voilà vaincu, dominé, pompé, astiqué, trituré.

Quelle nuit ! Mais quelle nuit !

Un bris de vitre. Puis de vaisselle.

Elle détêtedenœude.

On constate. Quelqu'un a balancé une grosse pierre à travers un carreau de la fenêtre. Le caillou a atterri sur la table, pulvérisant mon assiette. Il est enveloppé d'un papier d'emballage sur lequel on a écrit, en caractères bâton et au fusain : « SALOPE DE TUEUSE ».

Je tends l'étrange message à Francine.

— Plus rapide encore que le chronopost, fais-je. Et dispensé d'affranchissement.

Elle prend connaissance des trois mots et son visage devient lit vide, comme l'écrivait Ponton du Serail.

— Oh ! mon Dieu, quelle horreur ! balbutie-t-elle.

Elle ajoute peu après :

— Des gens sont donc au courant du meurtre ?

— Tous ceux qui habitent le château, réponds-je.

— Ce n'est pas quelqu'un d'ici qui a lancé cette pierre dans la fenêtre !

— Voyons, ma chère, vos pensionnaires ne représentent pas la fine fleur des petits pois. N'oubliez pas que vous les avez recrutés en prison ! Ce style laconique correspond assez à leur culture.

Elle me prend le bras, n'ayant plus le souci de ma bite.

— Commissaire ! Je ne veux pas être accusée de cet épouvantable assassinat. Je n'y suis pour rien. Si des bruits commencent déjà à circuler à mon propos, je vais devenir la proie de la rumeur publique ! Je serai déshonorée, mise à l'index.

— A moins que je n'identifie le coupable.

Elle frénétise, collée à moi, son cher pubis frottant éperdument mes sublimes testicules.

— Démasquez-le, je vous en conjure ! implore-me-t-elle.

— Je ferai mon possible.

— Ce n'est pas assez, commissaire !

— Alors, l'impossible !

— Voilà qui est déjà mieux.

Je vide la boutanche. Ce bourgueil est épatant, fruité, légèrement râpeux : tout ce que j'attends d'un vin rouge !

— Montons nous coucher, tranché-je.

Elle n'était plus dans « le coup », Ninette. Mon zob lui était sorti de la tête, si j'ose m'exprimer ainsi.

— Ensemble ? fait-elle.

Et l'espoir revient, la lubricité également. Je vois se refléter sa chatte dans ses prunelles, comme l'écrivait le duc d'Edimbourg à son cousin Jules, au moment de ses fiançailles avec Elizabeth.

A vrai dire, c'est pas exactement une chambrette destinée aux voluptés. Il s'agit d'une vaste pièce plutôt austère avec son haut plafond, sa grande cheminée Louis XIII, son parquet craquant, son lit à « vilebrequin » (comme dit Béru) et les tableaux croûteux qui sarabandent sur les murs recouverts d'une étoffe noble, passée et neurasthénique.

Francine tire le verrou.

Elle reste triste, un tantinet flasque. Franchement, elle a besoin de vitamine C et d'une grosse bitoune dans le train des équipages. Elle claque des chailles, vu sa vêture légère.

— Tu vas me réchauffer, bel étalon ? me dit-elle avec simplicité.

— D'ici moins de jouge, ton prose va fumer comme une machine à vapeur ancienne dans la cordillère des Andes, ma poule.

— Oh ! merci. Tu es mon salut, chéri.

Elle passe dans la salle de bains pour se préparer très complètement au gala annoncé à l'extérieur. Moi, tu l'auras remarqué, je suis très pudique sous ma gauloiserie. Mes excès de langage masquent une profonde timidité. Ainsi, passé-je sous silence les petits à-côtés tristounets de l'existence, ceux qui dépoétisent les moments les plus rutilants, bien souvent. Pourtant, à cet instant, je dois te révéler un fait menu, sot et vulgaire qui va avoir une énorme répercussion sur l'affaire. Francine fait pipi. Tu vois comme c'est pauvret, un tel détail ? Je t'en demande pardon. J'ai honte, crois-le, et si je le mentionne c'est uniquement *parce qu'il m'est impossible de le passer sous silence*. Une telle omission t'empêcherait de comprendre ce qui va suivre. Donc, tandis que je commence à me défringuer, Mlle de Saint-Braque soulage sa vessie. Ce qui me désoblige le désir. Moi, une gonzesse qui licebroque avant la baise, j'ai envie de remonter dans mon futal et de m'emporter plus loin. Je sais bien qu'on ne peut pas se cogner des poupées gonflables à longueur de temps, sinon la courbe de la natalité fléchirait davantage encore, toujours est-il que cette manifestation organique me neutralise la chibrance.

La salle de bains étant contiguë et non insonorisée, je prends acte de la chose à mon tympan défendant. Et voilà qu'à travers ce début de consternation physique, quelque chose me fait tiquer. Dans le courant de la nuit, j'ai déjà perçu le bruit d'une femme qui s'essorait le trop-plein : chez la mère Purgon, la pharmagote. Après s'être levée, elle est allée se ravauder dans la salle d'eau et en a profité pour lâcher du lest.

J'écoute cette cataracte qui devrait me paraître un peu bovine mais qui me devient musicale à mesure qu'elle se perpètre. Pour un peu, je complicebroquerais également et dans mes hardes, tellement que ça me commotionne.

« Eurêka ! » comme disait Christophe Colomb en découvrant la verticalité de l'œuf dur. Je frémis d'aise, d'un contentement capiteux. Franchement, des instants aussi forts, ça vaut le coup d'être flic et donc mal aimé de ses concitoyens. Le bicentenaire de la Révolution, ça me laisse froid en comparaison.

Francine a fini son émission. A présent c'est à Jacob-Delafon d'intervenir à grand jet impétueux. Bravo, chers amis ! Quelle œuvre gigan-

tesque est la vôtre! J'espère qu'on vous a
cloqué la Légion d'honneur? Moi je la veux
pas, mais je sais que ça fait plaisir. Je connais
des mecs qui préféreraient ça à une douzaine
d'huîtres, même à des belons triple zéro. Et les
belons triple zéro, tu sais combien ça coûte!

Donc, y a ramonage de saison. Tout bien. La
maison frotte-fort et fais-reluire en activité! Ça
la répare de l'outrage du vilain bruit, Francine.
La remet à neuf. A disposition! Opération-
nelle, quoi!

Elle réapparaît nue.

Comme je le suis déjà aussi, on fait une paire
étourdissante. C'est presque intimidant d'être à
ce point disposés pour la bouillave. On ne sait
plus très bien par quoi débuter pour que ça soit
aussi fort, comme attaque, que la *Cinquième*.

Bon, faut se rapprocher, d'accord. Mais c'est
banal. Un homme inventif, en « relation » avec
une diablesse de ce niveau, se doit de créer
l'événement. Elle attend un scoop, Miss de
Saint-Braque. Du pas encore vu. Faut phospho-
rer pour l'éblouir. Le coup de reins, ça viendra
after, dans la logique des choses.

Elle est assez bien roulaga, quoiqu'un brin
maigrelette. Le bassin, surtout, manque de
rembourrage. Les frères Rouland gagneraient à
être un peu plus soutenus; mais faut pas
pinailler (pas tout de suite); l'ensemble reste
vachement confortable. Ce corps d'adolescent a
je ne sais quoi d'émouvant, et pourtant je

croque pas dans la gamelle à Chazot. Mais je suis esthète, néanmoins. Esthète de con, de nœud ou de lard, au choix.

Je m'assieds dans un fauteuil recouvert de velours embroché (Béru dixit) dont les motifs me grattent les roustons.

— Va te mettre sur le lit ! enjoins-je.

Ces nières, elles attendent la domination du mâle, leur faut de la rudesse. Y a des espoirs de flagellation dans leurs petites tronches.

Elle s'exécute.

— Parfait. Tu t'agenouilles au bord du matelas, face à moi.

Elle.

— Maintenant, tu vas essayer de poser tes mains sur le plancher, tout en restant agenouillée. Ça devrait être possible.

Elle est souple car elle doit faire de la culture physique et surveiller son alimentation. Ses paluches aristocratiques descendent lentement et parviennent à se plaquer au sol. Cette posture ne manque pas d'intérêt. Si tu envoies les enfants se coucher (d'ailleurs il est tard), je veux bien te raconter la suite. Ils sont sortis ? T'es certain ? Ils prennent pas des orgelets au trou de la serrure ? Banco !

— Ecarte tes genoux, châtelaine !

Elle.

— Davantage !

Elle.

Parfait. De l'autre côté du plumard c'est la

pure féerie cingalaise ; mais je me retiens de contourner le lit.

— Je vais éteindre la lumière et ne laisser subsister que celle de la salle de bains, un rai filtrant sous la porte suffit. Tu vas connaître l'orgasme par suggestion, ma chérie. Je te parle, j'évoque des images lascives et tu t'abandonnes.

Tout en disant, je procède à la mise en scène. Pénombre. Touffeur.

Je reprends ma place. Bon, c'est la décarrade verbeuse. Je te répète pas, tu m'enverrais ce *book* à travers la frime. Mais l'expérience est chatoyante ; que dis-je : chattoyante.

Je lui raconte des insanités comme quoi elle est une chienne offerte. Tu vois, c'est poétique tout de même. Et puis qu'elle est convoitée par des cadors en folie qui se pointent, la langue traînante. Je lui décris ce qu'ils vont lui faire, tout bien. Franchement, je me marre. Elle est cliente. J'en rajoute des tombereaux ! Elle gémit. Son fion se met à circonvoluer. En route pour le zénith ! La *big* mouillette.

Je me rappelle d'une tendre amie que je calçais par téléphone. La vie nous avait séparés et je l'emportais dans les vertiges moyennant le prix d'une communication d'un quart d'heure, ce qui revenait à celui d'une chambre d'hôtel, vu qu'elle créchait pas aux antipodes. Je lui bousculais les glandes à l'évocation. Lui parlais si bien de ma queue qu'elle croyait l'héberger.

Je l'entendais roucouler au bigophone. Pâmer en plein dans les points forts. Raconter son apothéose.

On est chiens pour de bon, les hommes. Sensuels façon taureau. La digue nous biche et nous emporte. On oublie la raison et la décence. On s'école-buissonnière le calbar. C'est la furia au paroxysme. La féria de Séville : olé ! *Very delicious !* Prioritaire. Je te mets au défi, ces moments de transe, de penser à autre chose quand ils te bichent. La vie, la mort, sœur Thérésa, la nuit sur le Grand Canal, la vérole dégoulinante, plus rien ne compte. Juste ces quelques millilitres de foutre en ébullition. Cette marée noire dans tes burnes ! Cette mainmise sur ton cerveau qui ne commande plus que des spasmes. La gloire de la chair. Et la chair s'est faite verbe ! La salive rejoint le sperme. Tu peux pas trouver mieux chez Darty, non plus qu'à Carrefour ou ailleurs. C'est des extravagances glandulaires. Du rien qu'à soi qu'on place sur orbite. Des nébuleuses de couilles chatouillées. La faim du monde pour tout de suite ! Le reniement de l'intelligence. Mon génie en giclette ! Une tolérance infinie du Seigneur.

Qu'est-ce que je voulais encore ajouter ?

Ben non, c'est tout.

Pour cette nymphette, c'est nouveau, ça : la jouissance par suggestion ; le fade presque télé-pathique. Grimper au lustre sous descriptions

salaces, évocations *hard*. Elle s'y croit en plein,
tant tellement j'ai des trouvailles hardies et une
voix sorceleuse. Je lui pratique du sexe-chope à
chaud ! Un show d'images. Des inventeries
fuligineuses ! Des combinaisons qu'elle avait
jamais envisagées même au cours de ses plus
ardentes partouzes. Elle mugit à en déraciner
son château. Ça doit paniquer dans les dédales,
jusqu'aux oubliettes. Les fantômes évacuent ces
lieux devenus insalubres pour eux. Et alors,
l'Antonio, tu penses qu'il pousse les feux.
Putain, mais où vais-je chercher tout ça, comme
me demandent les bonnes gens ! Moi, je leur
rétroque (1) dans ma tronche et dans ma braguette. Ça les fait rire de plus rechef. Ils sont
cons mais assez gentils. Je vais les garder un peu
avant de m'aller crever tranquille. On a l'habitude les uns de l'autre, à force d'à force. On fait
ménage à tous. On s'encule un peu, temps à
autre, faciliter le transit amitieux. Dans le fond
c'est sympa et, comme dit Béru, si ça ne
rapporte rien, ça bouche toujours un trou.

   Le pied géant qu'elle s'octroie, Francinette !
Une intello, en réalité ! En paillardant avec des
loubars, elle cherchait quoi, dans le fond ?
L'équivalent de ce que je lui apporte. Son rêve

---

   (1) Note pour M. Birukoff, le correcteur du Fleuve :
J'ai bien écrit rétroque au lieu de rétorque. Cherchez pas à
comprendre : je suis fou mais pas con. Grosses bises !

                                          San-A.

était de se faire exploser le cerveau en même temps que le fion. J'ai dégauchi la bonne méthode. Te dire le nez que j'ai ! Comme je l'ai cadrée juste, la châtelaine du lit foutreux ! Ses draps, t'as l'impression d'examiner la carte de l'Asie !

Bon, elle jouiiiiiiiiiiit jusqu'au contre-ut. Et puis tombe du plumard, k.-o. Epuisée par l'effort mental. Je lui ai écrémé le cerveau, la Saint-Braque. Suffit d'avoir un talent de commentateur pour assurer le reportage ; et la voix élégante de Bernard Rapp. Pas de vulgarité quand tu déballes des saloperies, jamais ! Du phrasé, des liaisons bien ajustées, une parfaite concordance d'étang. Ça donne du relief à la salacité. La dévergonderie débitée comme un texte de Verlaine prend de la mouillance ; va plus loin (j'allais dire plus profond !).

Francine est là à gésir (j'aime bien ce verbe qui a fourni « ci-gît »), toute tourneboulée, enroulée sur elle-même, avec une épaule qui saille, une main qui sort de sous son buste, une jambe encore dressée contre le lit, tout ça. L'abandon total. La femme flinguée par l'orgasme. C'est très *very* sublime. Emouvant, presque, dirais-je.

Je vais m'agenouiller au bord d'elle. Lui caresse la croupe avec un rien d'émotion. C'est noble, une femelle ainsi terrassée par l'exacerbation de sa sensualité.

Elle chuchote si bas que je suis obligé de monter le son pour l'entendre :

— Merci.

Oh ! chère fille dévergondée, quel suave hommage tu me rends là par ce seul et simple mot. C'est moi, sirène, qui te remercie.

Quelques bisous mouillés sur les cheveux fous de sa nuque. Une petite paluche faufilée jusqu'à son trésor d'Ali-Babasse. Mazette ! C'est du sérieux ! Elle y va pas en retenant, la mère ! Quand elle part à dame, c'est pas du chiqué.

— Viens, petite fille, couche-toi ! invité-je.

Elle se laisse relever, avec une dolence de malade. Elle est en convalescence de pied. Le panard ! superbe traumatisme.

Je rabats drap et couvrante. Elle s'allonge, je range ses jambes dans la moiteur du lit. Elle se place sur le côté, la tête appuyée à son bras replié. Son autre main va se blottir sous le traversin.

Et voici qu'elle a un sursaut éperdu.

Instantanément guérie de son sommeil et de son épuisement, elle saute à genoux sur le lit et arrache le traversin, dévoilant une chose effroyable : un sexe sectionné, tout flasque sur ses burnes crépies de sang séché.

Alors Francine de Saint-Braque se met à hurler.

DE L'OMBRE A LA LUMIÈRE

Lui mets la main en bâillon. Qu'inutile de
réveiller toute la gentillommasse : les petites
bourgeoises salopiotes et les malfrats de grande
banlieue vont radiner aux questions, et ça va
chari-varier à tout berzingue. L'émoi, la panique vont grandir. La vie devenir intenable.

La biroute à Riton fait peur à voir. Elle
ressemble à un animal hautement dangereux,
du genre reptile à venin rapide. Hélas, elle ne le
crachera plus ! C'est redoutable comme spectacle. L'homme, il est beau quand il est rassemblé, entier, compact. Si tu le prives d'un de ses
attributs, celui-ci prend un aspect répugnant. Il
est l'horreur absolue. A la rigueur extrême, tu
as le droit de perdre une dent. Mais perdre une
oreille ou son paf, alors là tu franchis une limite
extrême au-delà de laquelle ton ticket de vivant
n'est plus valable.

Francine finit par se calmer un peu, mais des

frissons l'agitent et elle continue de geindre, le visage plaqué à ma virile poitrine.

— Mais pourquoi ? hoquette-t-elle. Pourquoi ? Qu'est-ce que cela signifie ? On m'en veut donc à ce point ?

Et là, je suis frappé par cette question, tu vois ? Sûr « qu'on lui en veut » à la petite dame. Et salement ! Impitotayablement. Que dis-je : im-pi-to-ya-ble-ment !

Je passe en revue la soirée. Nous deux à l'office. Moi, bouffant ses rillettes tout en m'intéressant à son cul, Francinette. Le caillou-brise-glace avec le message injurieux « *Salope de Tueuse* ». Il signifie qu'on nous observait depuis l'extérieur. Et alors, je vais te dire, celui (ou celle) qui a virgulé le gadin à travers la fenêtre détenait le paf du pauvre Riton et l'a glissé dans le lit de la Saint-Braque. Pourquoi ? Parce que notre attitude abandonnée disait assez qu'on allait pieuter ensemble et qu'il (ou elle) souhaitait que je fusse avec elle lorsqu'elle découvrirait le chibre coupé.

— Vous étiez couchée, Francine, avant mon arrivée tardive ?

— Bien sûr.

— Si ce... cette chose horrible s'était trouvée sous votre traversin, vous l'auriez découverte, n'est-ce pas ?

— Naturellement : je dors depuis l'enfance avec une main engagée dessous.

— Conclusion, quelqu'un l'y a mise alors que nous nous trouvions à la cuisine.

— Je n'oserai jamais plus dormir dans ce lit, balbutie la pauvrette.

— Eh bien, vous en changerez, grondé-je.

Quelqu'un... Qui ? Mystère.

Cette fois, l'affaire me prend en sandwich. Elle devient bicéphale. J'ai les bites de la pharmacie et la bite du château. Faut faire avec. Pas commode.

— Allez me chercher un sac en plastique, enjoins-je.

Fini, le tutoiement. Quand ça cacate trop, je redeviens mondain, professionnel. On n'en est plus à la séance de baise par délire verbal.

Elle sort et je l'escorte dans le couloir. Tout au bout, y a une armure qui ressemble à Chirac. Elle me fait également songer au cousin Gonzague.

— Où se trouve la chambre de M. de Vatefaire ? questionnai-je dans un souffle.

Francine me désigne la dernière porte sur la droite. Je m'y dirige et, parvenu devant l'huis, m'agenouille sur le dallage. Je ramasse une sorte de confetti brun, et c'est une particule de feuille morte. Elle est détrempée.

M'étant légèrement redressé, j'actionne la poignée massive de la serrure. Ça s'ouvre. J'écarte le panneau de trois ou quatre centimètres, pas davantage, n'ensuite de quoi, je m'assieds en tailleur et j'attends.

Tu sais qui ?

Ben oui : le cousin.

Parce que, de mes deux choses l'une, comme dit Béru : ou bien il roupille du sommeil de Just Fontaine, ou bien pas. S'il roupille, il n'a pas pu s'apercevoir que sa lourde est légèrement ouverte, car je n'ai fait aucun bruit, et en ce cas il continuera d'en concasser. Par contre s'il ne dort pas, il est au courant de la chose et, comme rien de plus ne se produit, il voudra en avoir le cœur net et viendra vérifier de quoi il retourne.

Un jour j'écrirai un traité (de con) sur l'attente dans le métier de perdreau. L'attente, cet auxiliaire primordial. L'attente, aussi indispensable au flic qu'au cuisinier. Tu ne peux éluder le temps. Il doit s'exprimer, jouer son rôle. Si tu lui passes outre, il te fait des crocs-en-jambe.

En bas, il y a un bruit lointain de portes. Francine qui cherche le sac de plastique dans lequel je placerai les attributs de Riton. M'est avis qu'elle doit s'enfoncer un coup d'alcool pour se redonner des couleurs. La pauvrette : se faire carboniser le sensoriel à l'évocation graveleuse, être rincée complet pour, à l'instant de la défaillance sublime, mettre la main sur un paf tronçonné (qu'elle a dû turluter d'importance quand il était rattaché à son tronc d'origine), voilà qui déstabilise une gonzesse pour toujours. Si ça se trouve, elle refusera de niquer, désormais, Francinounette. Le chibre va lui faire horreur. Je la vois très bien se convertir dans les ordres.

Sœur Francine de la chibrée morte !

Un feutrement. La porte du Gonzague frémit. La voilà qui s'écarte de quelques centimètres supplémentaires et une petite moitié de visage s'inscrit dans l'entrebâillure.

Comme en général l'homme aux aguets regarde à sa hauteur et que je me tiens assis sur le sol, il ne m'avise pas d'emblée.

— Salut, cousin ! lui lancé-je joyeusement. Des insomnies ?

Et poum ! Un rétablissement de gymnaste et je le refoule dans la chambre bleue.

Eberlué, le gonze Gonzague. Effrayé aussi. Il s'attendait pas.

Porte une robe de chambre pompeuse, à brandebourgs et gros glands dorés à frange, à chaque extrémité de la ceinture. Dans les bleus *king !* Dessous, il est en chemise de jour, pantalon, chaussettes noires.

— Vous ne dormiez pas ? interrogé-je, en fixant ses fringues.

— C'est-à-dire qu'ayant cru entendre crier, je me suis habillé en hâte...

— Vous permettez.

J'entre délibérément et furète un instant jusqu'à ce je trouve ses godasses au pied du lit. Je les ramasse pour examiner leurs semelles.

— Vous étiez dehors il y a très peu de temps, noté-je.

— Pensez-vous, je...

— Vos souliers sont mouillés et il ne pleut que depuis une heure, mon cher Gonzigue de Zague.

— C'est un délit, de sortir ?

— Seulement une indication.

— Quelle indication ?

— Vous permettez ?

Je saisis ses deux mains et les contemple à la lumière du lustre. Sur le côté de son index droit et sur la face interne de son pouce, j'aperçois d'imperceptibles traînées noires.

— Qui a-t-il ? s'impatiente le cousin en reprenant vivement ses pattoches.

— Dans ma jeunesse, j'ai lu beaucoup de romans policiers du « Masque », lui dis-je. En ce temps-là, les histoires étaient toujours basées sur la recherche du criminel, alors il était beaucoup question des traces, des indices, de ces bricoles qu'on n'utilise plus guère de nos jours où l'on fait dans la violence.

Je me rends aux gogues contigus et prends une feuille de faf à train ouatiné double face.

— Votre main droite, s'il vous plaît !

— Ah ! monsieur, vos brimades injustifiées m'importunent, à la fin !

— Ce sera la dernière, promets-je, et elle n'est pas très violente.

D'autor, je rempare sa pogne et frotte avec

mon papelard moelleux ses deux doigts maculés.

— On analysera, dis-je, mais je sais déjà que c'est du fusain.

— Quoi, du fusain ?

— Je parle du crayon dont vous vous êtes servi pour envoyer à travers la fenêtre un message d'admiration à votre parente.

Je déploie le morceau de papier et le lui montre.

— Il est probable qu'on vous fera écrire ces trois mots à différentes reprises et que cela déclenchera des batailles d'experts, lui dis-je. Reste à déterminer pour moi où vous avez trouvé ce crayon qui n'est plus beaucoup employé à notre époque, sinon par des peintres, et encore... Mais enfin, cela n'est qu'un détail et ce message, pour injurieux qu'il soit, n'est pas bien méchant. Plus grave est l'objet que vous avez glissé sous le traversin de Francine. J'appelle cela un objet, faute de mieux, par pudeur.

— J'ignore ce dont vous parlez ! assure Gonzague.

— Cela sera évoqué lors d'un prochain entretien, mon cher. Bien entendu, je vous prie de ne pas quitter le château sans que je vous en donne l'autorisation.

Et je m'évacue. Francine m'attend à l'entrée de sa chambre, tenant un sac de plastique blanc portant le nom d'un parfumeur réputé.

— Cela conviendra-t-il ?

— Tout à fait.

Je dégage le traversin, place le sac ouvert près du sexe sectionné et fais pénétrer celui-là dans celui-ci par petits coups, en relevant le drap. Puis j'enroule le sac sur lui-même, réprimant des spasmes dégueulatoires car, même à travers la paroi lisse, il est atroce de manipuler une « chose » pareille.

— Vous voyez souvent votre cousin ?

— Gonzague ?

J'acquiesce.

— Deux ou trois fois par mois.

— Que fait-il dans l'existence ?

— Expert en philatélie.

— Situation de famille ?

— Célibataire.

— Homo ?

— C'est son problème ; il ne m'a jamais fait de confidences.

— Mais à votre avis ?

— Franchement, je n'en sais rien. Il faut se méfier de cataloguer les hommes un peu maniérés comme Gonzague.

— Hier, après avoir découvert le meurtre de Riton, vous l'avez prévenu ?

— J'ai tout d'abord tenté de vous alerter ; mais vous n'étiez pas joignable. Comme je me trouvais dans un grand désarroi, je me suis tournée vers mon cousin.

— Il est arrivé tout de suite ?

— Rapidement, oui.

— Où habite-t-il ?

— Villa Montmorency.

— Quelles furent ses réactions ?

— Il était atterré et furieux. C'est un homme qui a une conception quelque peu archaïque de la famille, de l'honneur, de la vertu.

— Il blâmait vos débordements avec ces jeunes malandrins que vous hébergez ?

— Beaucoup.

« Bien, me dis-je alors. Gonzague a envoyé le message ; mais il n'a pas placé le paf du gars Riton dans le pucier de Francine. Il ne l'a pas fait pour l'excellente raison qu'il n'est pas l'assassin et que, par conséquent, il ne pouvait avoir ce lugubre relief à disposition. » Reste donc, comme suspects : les quatre anciens taulards, les trois bourgeoises au cul fumant, le vieux jardinier mécontent, et la cuisinière que je n'ai pas encore eu l'heur de connaître.

Le sommeil me râpe les nerfs et me fait mal derrière les yeux. Pour un peu, je me loverais sur la moquette afin d'en écraser.

— J'ai des coups de fil à passer, dis-je, je descends dans la bibliothèque.

— Ne me laissez pas, j'ai peur ! supplie la Saint-Braque.

— Allez dormir avec l'une de vos amies ou avec l'un des garçons, réponds-je en signifiant bien, par mon intonation, que son problo n'en

est pas un pour moi et que je m'en torchonne
les orifices.

Jérémie a une voix de médium. Celle du zig
envapé à qui on demande s'il aperçoit le fan-
tôme de Napoléon et qui répond que non, mais
que celui de Charles Quint est à disposition.

Il a un « Oh ! c'est toi » exprimé sur la rampe
de lancement d'un bâillement léonin. Il ajoute :

— Quelle heure est-il ?

— Quatre heures cinquante-huit.

— T'as une montre digitale ?

— Non, mais ma Pasha possède un cadran
très lisible.

— Où es-tu ?

— Château de Con-la-Ville.

— Du nouveau ?

— Beaucoup.

— Raconte.

— Pas le cœur à ça. Demain. Ou plutôt tout
à l'heure. Pointez-vous ici à sept heures, Béru
et toi. *Ciao !*

Ayant interrompu la communication, je
sonne le service des écoutes. Le préposé a
changé mais son prédécesseur lui a laissé les
consignes. Toujours le néant sur la ligne de
Mme Purgon, la pharmacienne. Elle n'a reçu
aucun appel, n'a composé aucune communication.

— Continuez, fais-je, et placez également
sous surveillance le numéro de sa pharmacie :

même adresse. Vous le chercherez dans l'annuaire, je ne l'ai pas sur moi. Je rappellerai plus tard.

Je raccroche. Un canapé de velours avachi me séduit. Je tombe la veste, ôte mes pneus, dénoue ma cravetouze et m'allonge après avoir tout éteint. Putain, la position horizontale, quelle volupté. C'est l'une des raisons qui me consolent d'avoir à mourir. On serait enterré debout, je demanderais à réfléchir, mais couché, tu parles d'un velours ! Récupérer enfin les années de sommeil en retard, les fatigues surmontées ; j'en mouille rien que d'y penser !

Je me figurais que j'allais sombrer dans les bras de l'orfèvre, hélas ! ma nervouze est à ce point sur orbite qu'au lieu de m'engloutir, je fais la planche sur la mer agitée de mes pensées, écrirait Roger Robbe-Grillet. Je pense à la pharmacienne, à la malheureuse doctoresse, à Francine, à ses hôtes, à une jolie vendeuse du Faubourg Saint-Honoré que je dois loncher demain après-midi au plus tard. Fille longiligne, porteuse d'une mini-jupe si étroite qu'elle en a les jambes entravées et doit marcher avec son cul.

Riton, c'est quelqu'un d'ici qui l'a trucidé, fatal. Si c'était quelqu'un de l'extérieur, ses burnes n'auraient pas été dissimulées toute la journée dans cette maison pour être sournoisement glissées sous le traversin de Francine pendant la nuit. Moi, le cousin Gonzague ne me dit rien qui vaille et je déplore qu'il ne puisse compter parmi les suspects puisqu'il ne se trouvait pas à Con-la-Ville au moment du meurtre. Je vais néanmoins vérifier la chose.

Je me redresse, moulu, gourd, lent et désorienté de l'estomac. J'ai dû claper trop de rillettes. Je me suis lancé dessus comme un robinson du Sahara sur un oued. Bonjour les dégâts : cholestérol, lipides, la merde ! Faut que je me reprenne en main. Que j'aille me faire materner à Quiberon, thalasser, masser, diététiquer, tout le tremblement. A toujours cavaler le criminel ou le frifri des dames, je perds de vue ma santé. Insuffisance de sommeil, surmenage, des bouffements bâclés, sans heure fixe. Pas raisonnable, ça, Tonio.

L'autre jour, à la télé, je suis tombé sur une pube pour les biscuits « Cric croc », contre la constipation. Tu voyais un jeune ménage radieux expliquer l'à quel point leur existence était changée, bien rayonnante, grâce aux fibres contenues dans les biscuits « Cric croc ». Comme ça leur facilitait le transit intestinal très superbement. J'ai été touché, ému, de les voir si contents de chier, ces braves amis. On sentait que pour eux, peu à peu, la défécation remplaçait la baise. Ils allaient se faire installer double cuvette dans leurs chiches, face à face, pour cagater de concert, en serre-livres, débourrer, les yeux dans les yeux, unis par leur vidage de tripes magistral. Communier dans une même chiasse sublime, leurs âmes transportées par la paix des entrailles. Les pets nonchalants, modulés par leurs sphincters, allaient composer une musique de chiottes aux accents mélodieux. Leurs instruments se répondraient. Ah ! les regards saint-sulpiciens qu'ils échangeraient, avec des certitudes de bonheur enfin conquis et, dorénavant, inexpugnable. Comme on sentait qu'ils allaient affronter la vie avec détermination, par la magie des biscuits « Cric croc ». Assurés de la santé, désormais, ils chieraient la tête haute, le cœur en fête, avec la douce assurance de se sentir à jamais soudés par leur bédolanche plus gracieuse que « la danse du Cygne ». Plus mélodieuse que « la nuit de Walpurgis » (devenue « la nuit de Va-te-purger »).

Et bon, me voici de nouveau avec mon index qui sent la chatte, engagé dans les trous d'un vieux cadran téléphonique.

Dring driiiiiing !

Pinaud répond. Paisible, pas surpris ni irrité d'être appelé à cette heure sauvage.

— Bonjour, mon petit. Rien de fâcheux, j'espère ?

— Besoin de toi aux aurores.

— Avec plaisir. Mme Pinaud vient de rentrer de sa cure de rajeunissement en Roumanie, tu ne la reconnaîtrais plus ! Une gamine ! Elle m'inspire des retintons.

— Bravo, je serai le parrain !

Il rit.

— Ah ! si nous avions ne serait-ce que vingt ans de moins !

— Tu as de quoi écrire ?

— Naturellement.

— Note... Gonzague de Vatefaire, Villa Montmorency, Paris. J'aimerais avoir un curriculum du personnage et surtout savoir où il se trouvait la nuit précédente. Tu me téléphoneras les résultats dans la matinée au numéro que je vais t'indiquer.

Je lui cloque le turlu du château.

— Je me mets en chasse dès que j'ai achevé ma toilette, promet la Pine.

— Tu te laves, maintenant ? m'étonné-je.

— Il le faut bien : j'ai une salle de bains ultra-perfectionnée, soupire-t-il. Quand la fortune m'a échu, je me suis laissé embarquer par la griserie. J'ai procédé à une refonte complète de notre appartement. Et puis maintenant j'en subis les conséquences.

Je raccroche. Les rillettes m'encombrent de plus en plus l'armoire à ragoût. Dis, c'est comme à Verdun : ça ne passe pas !

Où ai-je mis la bite à Riton ? J'ai dû l'oublier dans la chambre de Francine. Il faut que j'aille la reprendre, c'est pas des trucs qu'on peut laisser traîner comme des cendriers.

Me voilà reparti à l'étage.

Juste comme je débouche, j'avise le cousin qui sort de chez sa parente. Plutôt furtivement.

— Hep !

Il paraît embêté de se faire prendre en flagrant délit.

— Que faites-vous, cousin ?

— Je voulais parler à Mlle de Saint-Braque, mais elle n'est pas dans sa chambre, maugrée le bonhomme.

Je rouvre la porte.

— Entrez !

— Mais...

— Entrez ! réitéré-je d'un ton déterminant.

Le sac de plastique est posé sur la commode. Ordinairement on parle de « mon cul sur la commode », là, c'est « sa bite sur la commode ».

— Vous avez vu ce qu'il y a là-dedans, cousin ?

Le sac n'est pas transparent, je crois te l'avoir précisé ?

— Non.

— Eh bien ! regardez !

Je fixe son comportement comme tu peux pas savoir ! Mon regard est une ventouse.

Gonzague tend la main vers le sac, s'en empare et l'ouvre.

Il mate. Alors il a un sursaut, le lâche et se met à gerber sur le beau plancher de la pièce.

Honnêtement, il semble « réellement » commotionné. Quand on vomit spontanément, c'est pas du chiqué. Il aurait fait des efforts préalables, je dirais... Mais non, là c'est carrément la fusée que tu n'as pas la possibilité de réprimer.

Lorsqu'il a cessé de tousser, expectorer, larmoyer, suffoquer et autres broutilles, il dit, d'une voix haletante en louchant sur sa flaque :

— Veuillez m'excuser, c'est si effroyable. Moi, une simple coupure me fait tourner de l'œil. D'où sort ce... cette chose monstrueuse ?

— Du pantalon d'un jeune homme, dans un premier temps, mon cher, de sous l'oreiller de Francine dans un second.

— L'oreiller de Francine ! Voulez-vous dire qu'elle...

— Non : un mauvais plaisant le lui a mis pour la guérir du hoquet, éventuellement.

— Mais ce mauvais plaisant ?...

— Se double d'un meurtrier, en effet.

— Et il se trouve ?...

— Au château, mon bon cousin ; au château !

Je prends le paquet de couilles et laisse M. de Vatefaire en tête à tête avec ses déjections.

C'est intéressant, la voix des gens réveillés en sursaut. Révélateur.

Il y a ceux qui sont hagards et réagissent comme si on criait « Au feu ! ». Ceux qui sont instantanément lucides et dont la voix est pleine d'une méfiance hostile. Ceux qui s'efforcent au calme mais dont tu sens parfaitement que leur guignol tape le cent cinquante chrono.

Mathias le Rouillé appartient à une quatrième catégorie : les suppliants. Il répond du ton d'un mec qu'on vient chercher pour la guillotine et qui implore : « Encore un moment, monsieur le bourreau. »

— Qui me demande ? Que se passe-t-il ? Il est cinq heures ! lâche le malheureux en chapelet.

A son côté, sa mégère éveillée à son tour, déclenche sa génératrice houspilleuse :

— Si c'est une farce, tu dois te montrer très...

— San-A., fais-je. Pardon d'écourter ta nuit d'ivresse, Rouquin. Tu étais probablement en train de mettre en route votre dix-huitième mouflet ?

— Qui est-ce ? insiste sa Carabosse.

— San-Antonio, balbutie le chef de notre laboratoire.

— Ça ne m'étonne pas ! grince la girouette rouillée qui lui sert d'épouse, ce type ne s'embarrasse pas de scrupules ; lui, le sommeil des autres ne l'empêche pas de dormir !

Curieuse tournure de phrase pour laquelle je montre de l'indulgence, compte tenu des circonstances.

— Mathias, je sais que tu te consacres à ton labo, mais j'ai besoin que tu élargisses l'éventail de tes activités pendant quelques heures afin de me composer une fiche exhaustive sur la personne dont voici les coordonnées.

Et je lui virgule la sauce à propos de la pharmacienne de Vilain-le-Bel.

— Il me faut un « complet », Rouquin, tu m'as compris ? D'où elle vient, ses antécédents, sa vie, son œuvre, ses coïts, sa ménopause ; qui elle fréquente, où elle va en vacances, la couleur de ses poils pubiens. Et il me faut ça tout de suite. Je le voudrais pour hier, comprends-tu ? Etat d'urgence. Quand cette histoire va sortir, il y aura un cahier complet dans *Paris Match* et même *Le Figaro* en parlera dans ses pages roses. C'est un service que je te demande, toi seul peux faire assez vite !

Je lui refile le bigophone de Francine chez laquelle, décidément, j'ai établi mon P.C.

Il promet. Galvanisé, malgré les maugréances aigres de la peau de vache blême à qui il fait des enfants roux.

En définitive, je dors au salon, dans la grande bergère Louis XVI, si peu propice à la ronflette. Dors comme un qui vient de recevoir un coup de massue sur l'os qui pue (comme dit Béru). Le *black* rapide, total, sans rêve.

C'est le zonzon d'un vieil aspirateur poussif et époustif qui me réveille. J'ouvre mes falots et j'aperçois un formidable fessier à quelques encablures. Une énorme ancillaire en blouse bleue promène un aspirateur, du genre teckel à poils ras et trompe de deux mètres, sur la moquette râpée. Elle porte cette horrible chose qu'on appelle des mi-bas et qui s'arrêtent sous les genoux. Au-dessus, imagine des cuisses floconneuses, bourrées de cellulite et striées de varices allant du bleu pervenche au violet épiscopal. On voit pendouiller l'entrejambe d'une vénérable culotte de coton, dans les tons grisâtres. Un instant, à visionner cette calamité, je me dis que pédé, ça s'explique, et que si j'étais en manque d'amour sur une île, en compagnie de cette personne et du prince Charles, malgré mes sentiments républicains, il n'est pas certain que c'est elle qui aurait ma préférence.

— Madame ! hélé-je.

Elle perçoit l'appel, malgré le vacarme de sa formule I, se retourne et pousse un cri en portant sa main à l'emplacement supposé de son palpitant.

— Oh ! Jésus, vous m'avez fait peur ! Je ne vous avais pas vu ! fait-elle après avoir stoppé, du pied, son turbo-mayonnaise.

Elle est ronde comme la Terre, mais davantage renflée qu'elle, à l'équateur.

— C'est vous qui confectionnez ces admirables rillettes que Francine de Saint-Braque m'a fait déguster cette nuit ? demandé-je en réprimant un renvoi riche desdites.

Elle épanouit de la trogne. T'as rien de plus vanneur qu'une cuisinière de maison bourgeoise. Léonard de Vinci était moins satisfait de sa *Joconde* qu'un cordon-bleu de sa blanquette de veau.

— J'ai vu que vous les avez trouvées bonnes, s'enorgueillit l'aimable personne.

— Je pourrais avoir du café ?

— J'ai ma cafetière sur le coin du fourneau. Vous aimeriez des toastes avec MES confitures ?

— Je les connais, elles sont géantes. Celle aux cerises noires, surtout. Mais ce matin, du café me suffira.

Elle se tire, me laissant en otage son vieil aspirateur asthmatique.

Le téléphone retentit. Je décroche prompto. C'est ma brave vieille Pine qui est en ligne. Enrhumé, le Débris. Je l'imagine, la goutte au pif, son vieux cache-nez de retour à son cou. Lorsque le pognon a afflué dans sa vie chétive, il s'est mis à voir grand, à se sabouler comme un prince de la mode. Rolls, restaurants trois étoiles, manteau doublé de vison. Mais cette frénésie n'a pas duré, et, lentement, il retourne à ses habitudes passées, à ses fringues râpées, à ses marottes de vieux gâteux. Fini, les pépées époustouflantes, les cures de rajeunissement. Il sombre à nouveau dans ses chères médiocrités confortables.

— J'ai fait vite, hein ? exulte le chéri égrotant.

— La foudre !

— Gonzague de Vatefaire est expert en

philatélie. Il voyage beaucoup car il fait auto-
rité. Il n'était pas chez lui, la nuit précédente.
Côté mœurs, c'est plutôt indécis ; il n'a pas de
femme et on ne lui a jamais connu de
compagnes. Pas de liaisons masculines non
plus. Selon un voisin, général en retraite, dont
les fenêtres donnent sur les siennes, il appar-
tiendrait à une secte bizarre, car il l'a aperçu, à
plusieurs reprises, travesti en druide ou quelque
chose de ce genre, et célébrant d'étranges
offices en compagnie de gens habillés comme
lui. Il paraît riche, mais il passe pour pingre.
C'est tout jusqu'à présent. Maintenant je vais
m'attacher à essayer de découvrir où il a passé
l'avant-dernière nuit, c'est bien cela qui t'intéresse, Antoine ?

— Cela même, César. Beau boulot ; tu restes
irremplaçable. Tes revenus américains continuent de rentrer ?

— A flots ! admet Baderne-Baderne. Très
franchement, je ne sais comment utiliser cet
argent. Evidemment, je pourrais faire du bien.
Mais à qui ? C'est pas aussi facile que les gens se
l'imaginent, tu sais. La recherche contre le
cancer ? Ni ma femme ni moi ne l'avons, Dieu
merci. La Société Protectrice des Animaux ?
Nous n'en possédons pas ! L'Assistance publique ? Nous n'avons pas d'enfant non plus.
L'Abyssinie ? Il y a déjà tellement de gens
mobilisés à son sujet, et puis c'est si loin ! Ah, il
s'agit d'un véritable casse-tête, mon petit. Tu ne

voudrais pas que nous montions une affaire, toi
et moi ?

— De quoi ?

— Là est le problème. Réfléchis-y.

— Promis.

Je raccroche car j'aperçois Jérémie Blanc et
Béru, dans le hall, à travers les portes vitrées du
salon. Mes bons archers sont fidèles au rendez-
vous. Double-patte et Patachon. Jérémie s'est
mis en gandin, Béru porte sa moumoute de
travers, ce qui lui fait la raie en large. Il a été
réveillé en sursaut par le grand Noir car sa
braguette bâille autant que lui, et il a mis des
chaussures différentes : un mocassin et un sou-
lier à laçage.

Il me dit sans jambage :

— T'sais , l'Toinet, y promet ! Magine-toi
qu'il a grimpé ma Berthe toute la noye, le
fripon. N'au point qu'j'ai pas pu dormir tellement qu'il s'couait not' matelas ! Un coup suvait
l'aut ! T't's'erais cru su' un trampolinge. Dieu
de Dieu ! c't'ramonée qui lu a mise. Le vrai p'tit
julot ! Tu peux t'êt' fier. Comme tringleur,
cézigus, y s'ra toujours su' la plus haut' marche
du sodium. C'était beau, l'acharn'ment d'c'gamin ! Il s'assurait l'équilbrisme av'c les deux
pognes posées bien à plat d'chaqu' côté d'la
grosse. Et y gesticulait des meules comme un
vrai limeur. Infatigab' ! Ma Berthy en était
sidérée. E m'disait : « Non, mais, Sandre, vise-
moi c'môme, c'brio ! Tu jurerais un pro ! Et

question braque, déjà monté féroce ! J'ai connu
des mecs qui voudreraient la même ! Tu sais qui
m'fait d'l'effet, tout môme qu'il soye ? Sans
charre : y m'embarque ! J'pars, Sandre ! Je
pars ! Un gredin qu'est encore à la communale !
Parole : j'grimpe en mayonnaise ! Si j'm's'rais
maginé une chose pareille ! Que la s'maine
passée encore, en allant dîner chez mâme
Félicie, j'lu ai porté des sucettes ! Des sucettes !
Et c'est lui qui s'fait déguster l'panais ! Non,
mais, Sandre, vise comme y fait cavalier seul !
Tu notes l'emport'ment d'c'loustic ? Y brosse si
vite qu'tu peux pas lu mater l'dargiflard à l'œil
nu ! J't'jure qui va m'tringler jusque z'à l'agonie. Je meurs, moi ! C't'un pic-vert, l'Toinet !
La façon d'arracher l'copeau, alors là, quand je
raconterai ça à Alfred, y va tirer un d'ces nez,
jalmince comme tu l'sais. Un Rital, tu penses !
Y croivent qu'a qu'eux qu'est capab' d'filer un'
branlée à une dame ! Oh ! Oh ! Aoooh !...
L'monstre p'tit salaud ! J'l'avais dit qui m'ago-
nis'rait, l'arsouille ! Tiens-moi la main, Sandre,
du temps qu'j'éparpille du sensoriel. Ça va y
êt' ! Ça y est ! Ça y est ! Ça y est ! Ouf ! ça y a
été ! Ah ! ce gosse, j'sais pas si l'aura son bac un
jour, mais doué pareill'ment pour' l'chibre,
l'aura pas b'soin d'entrer en faculté ! »

Bérurier me frappe l'épaule.

— Moi, j'dis, déclare cet être exquis, qu'les
enfants, y sont comme on les élève, Antoine. Y
s'rait tombé dans une famille bourgeoise, y

l'aurait pas pu s'épanouir le braque de cette façon. C'eût été la p'tite paluche sournoise, aux chiches, qui rend maigrichon, alors qu'là, on a un bon gaillard qu'hésite pas d'emplâtrer les dames de son entourage. Moi, ça m'plaît, une nature d'cette nature. C't'noye, en l'regardant tirer ma grosse, j'en étais tout attendri. J'voudrerais qu'mon fils Appolon-Jules fût-ce identiqu'ment et pareillement semblab' à lui.

Il verse un pleur qui ressemble à du saindoux placé trop près d'une source de chaleur. La torche d'un revers de manche d'avocat d'assises au moment de sa péroraison.

— L'Noirpiot m'dit qu'aurait du nouveau ? interroge l'Enflure.

La servante m'apporte mon bol de café fumant.

— Ces deux messieurs en prendront aussi ? s'inquiète-t-elle.

— Pour moi, c's'ra une boutanche d'blanc sec, biscotte le caoua m'barbouille, mon trognon, répond Sa Majesté. Et si vous aureriez un bout d'bred et d'sauciflard pour calmer l'jeu, vous fereriez d'moi l'plus heureux des hommes.

Elle est ravie. Toutes les cuisinières sont enthousiasmées par les ogres. Elle enregistre de surcroît un deuxième bol pour le « monsieur nègre » et s'éclipse. Je mets alors mes compagnons au fait des faits que tu connais déjà et qui ne laissent pas de les surprendre.

Suit une période de réflexion intime au cours

de laquelle chacun les analyse et en tire des conclusions.

Jérémie, le premier, émet les siennes.

— Une certitude, fait-il. Nous ne sommes pas sûrs qu'il y a eu des mutilations sexuelles du côté pharmacie puisque nous ne possédons aucune preuve tangible, tout juste la déposition d'un petit voyou qui a pu se tromper quant à la nature des reliefs contenus dans le réfrigérateur. Par contre, nous sommes certains qu'il y a eu meurtre et mutilation dans ce château. Ce qui revient à dire qu'à la pharmacie nous courons après des ombres et ici après un assassin.

— Il n'empêche qu'il ne faut pas négliger la potarde, sentence le Gravos. D'autant, reprend-il, que la docteuresse est cannée d'avoir prévenu la pharmacienne s'lon l'idée dont j'ai émise. Vous m'en démordrez pas. Si elle aurait pas donné c'coup d'turlu, on l'aurait pas tendu un piège dont dans lequel ell' est tombée recta.

Paroles marquées au coin du bon sens.

— Une communication pour vous, commissaire ! m'annonce Francine depuis le premier.

Elle est en chemise de nuit, et comme elle se tient devant une fenêtre, on distingue sa chatte en ombre chinoise.

— D'où vient que je n'ai pas entendu la sonnerie ? m'étonné-je.

— Mon cousin Gonzague avait pris la ligne au premier. Je vous la passe au salon.

C'est le service des écoutes.

Je me fais reconnaître et il m'annonce que « le » pharmacien vient de tubophoner.

— C'est pas « un » pharmacien mais « une » pharmacienne ! corrigé-je.

— Possible, mais « elle » a une voix de mêlécass, commissaire. Le plus simple est que je vous passe l'enregistrement.

— Je suis prêt, j'ai les cages à miel dégagées.

Brève manipulation. J'entends les derniers accents d'une sonnerie d'appel, on décroche. Une voix de femme fait : « Allô ».

— C'est moi, dit l'appeleur.

— Ah ! bon. Tout va bien ?

— Lali lala. J'aimerais que tu viennes.

— Quand ?

— Disons ce soir, après la fermeture.

— Qu'est-ce que ?...

— Laisse, nous en parlerons à tête reposée.

Et la mère Purgon raccroche. Son interlocutrice fait deux ou trois « Allô » sans conviction avant de l'imiter.

— Merci, fais-je à mon confrère des écoutes. Continuez d'enregistrer. Cet appel émanait de l'appartement ou bien du magasin ?

— Magasin.

— O.K.

Je rêvasse.

— Tu parais tout chose ? observe Jérémie.

Béru se désintéresse because la grosse servante se la radine avec une boutanche de muscadet sur lie et de quoi assurer un banquet à la moitié du Biafra.

— La pharmacienne a téléphoné à une femme pour lui demander de la rejoindre à Vilain-le-Bel, ce soir après la fermeture.

— Intéressant ?

— Très, car elle paraissait soucieuse.

— Et où c'qu'elle a-t-elle téléphoné ? demande le bâfreur salarié.

— Merde ! exclamé-je.

Et de me ruer sur le turlu pour rappeler les écoutes. Je baisse dans mon estime ! Ne pas avoir eu le réflexe de poser la question, voilà qui est impardonnable de la part d'un flic de mon émériterie.

C'est la voix pas joyce que j'asticote l'homme de quart.

— Dites donc, vieux, vous ne m'avez pas précisé quel téléphone a demandé la pharmacienne.

— Parce que je n'en sais rien, commissaire. La communication a duré moins de quinze secondes, comment voudriez-vous que nous puissions mettre en œuvre la moindre opération de repérage !

— C'est juste, excusez !

Donc, je baisse pas car, d'instinct, à la brièveté de la converse, j'avais parfaitement senti qu'elle ne pouvait fournir de plus amples tuyaux.

— Y sont royals, vos pâtés d'campagne, complimente le Gros.

La cuisinière caresse ses joues marbrées violettes. Le compliment lui va droit au cœur sans épargner le visage comme je dis puis, parodiant le maréchal Ney, ce con.

— C'est gentil.

— Y a lulure qu'vous marnez ici ? s'inquiète le Dévoreur de charme, la bouche comble.

— J'y suis née : mes parents y travaillaient avant moi.

— Ça s'rencont' plus des employés aussi fidèles, assure le Mammouth. V'savez qu'vous avez droit à une médaille ?

— Qu'est-ce que j'en ferais !

— N'évidemment, vaut mieux des augmentations.

La grosse secoue la tête, ce qui compromet l'équilibre de son chignon arrière à triple pignon, peignes incorporés, maintenance par épingles grand format.

— D'c'côté-là, elles sont rares, encore qu'avec Mademoiselle c'est mieux qu'avec Madame, révèle-t-elle. Elle était d'une pingrerie, celle-là. Si je vous disais...

Elle se tait, hoche la tête, hausse les épaules.

— Disez, disez ! invite Bouffe-toujours.

— Un jour qu'elle me complimentait, à la suite d'une réception, je lui avais demandé si elle allait augmenter mes gages. Elle a réfléchi puis elle m'a dit comme ça : « Non, Clarisse, je ne vais pas vous augmenter, mais à compter d'aujourd'hui, je vous donne la permission de sucer Monsieur. » J'ai accepté. Pour Monsieur. C'était un pauvre homme, Monsieur. A cause des frasques de Madame qui était terriblement portée sur la chose, il se mettait la ceinture. A partir du jour où je l'ai pompé, y a eu un petit rayon de soleil dans sa vie. Il voulait davantage, mais Madame l'interdisait, pas qu'il se commette avec une domestique. Une pipe, ça ne tirait pas à conséquence, comprenez-vous ? Je vous sers des rillettes ?

— Tout c'qu'a d'estrêment volontiers, ma poule ! gazouille l'Ogre de la Maison Pébroque.

Elle se hâte vers son antre.

Nouveau coup de grelot. C'est Mathias. Ce qu'il file doux avec moi depuis que j'ai remis les pendules à l'heure ! Sa promotion comme directeur du labo lui avait fait enfler la tronche et il s'envolait dans les nues, le Rouillé. J'ai dû lui déballer le grand jeu pour le ramener à terre, appuyer à mort sur la valve de son orgueil. A présent, il fait du rase-mottes avec moi, me lèche les pompes en commençant par les semelles.

— J'ai établi un premier bilan, commissaire.

— Je te remercie.

— Votre pharmacienne, Mme Anne-Marie Purgon, est la fille d'un officier de carrière qui a servi principalement dans les colonies françaises et qui a terminé sa carrière avec le grade de commandant. Elle a un frère et une sœur. Sa mère et sa jeune sœur sont mortes tragiquement, assassinées par des Noirs dans les faubourgs de Brazzaville, après avoir été violées et mutilées. Anne-Marie et son frère Maurice se trouvaient au lycée français au moment des faits, sinon, ils y seraient passés aussi. Le commandant Purgon, leur père, a demandé à rentrer en métropole et a terminé son temps de service à Nancy. Il est mort peu après sa retraite d'un cancer du foie. Anne-Marie a fait des études de pharmacie à Paris. Elle aurait été la maîtresse d'un de ses condisciples, lequel s'est tué à moto. Il semblerait qu'elle n'ait jamais plus eu de relations masculines depuis. Par contre, elle a eu des amitiés féminines sur la nature desquelles il est difficile de se prononcer. En fait, les malheurs qu'elle a connus l'ont beaucoup rapprochée de son frère, lequel a exercé la médecine dans l'armée, par fidélité sans doute à la mémoire de leur père. Il a été mis en disponibilité depuis longtemps à la suite d'un grave différend avec ses supérieurs et vit dans une maison achetée avec sa sœur à Belle-Ile-en-Mer. L'hiver, il habite un studio qu'il loue dans la région parisienne. Je ne possède pas d'autres informations sur votre « cliente », commissaire.

— Celles que tu as si rapidement obtenues

me suffisent, Rouquemoute. Tâche toutefois d'en apprendre davantage sur les raisons qui ont fait quitter l'armée à Maurice Purgon.

Ensuite, je le bénis, lui dis d'aller en paix et que je prierai pour lui.

Le biniou commence à me fatiguer. Pourtant je rappelle encore les écoutes.

— Dites voir, les gars. Vous vous foutez de moi quand vous prétendez ne pas avoir les moyens d'identifier le numéro que la pharmacienne a composé, alors que vous possédez un appareil à décrypter les impulsions du cadran. Chacun des chiffres composés est suivi de menues percussions. Un cliquettement pour le 1, deux pour le 2 et ainsi de suite... Repassez l'appel dans le convertisseur et téléphonez-moi d'urgence le résultat.

Il bafouille :

— Pardonnez-moi, commissaire, je fais un remplacement et...

— O.K., grouillez-vous !

Je coupe et me tourne radieux vers mes deux complices :

— Je sens qu'on tient le bambou, comme on dit dans ton bled, Jérémie.

— C'est-à-dire ?

— J'ai la grisante certitude d'avoir rassemblé toutes les pièces du puzzle ; le reste n'est qu'une question d'application et de patience. Surtout ne me demande rien, je ne serais pas fichu de t'en casser une broque ; ça fermente, ça grouille, ça bouillonne. Il ne me sort pas de fumée par les oreilles ?

— Pas encore, rigole le grand escaladeur de cocotiers. On fait quoi, en attendant ?

— Des visites.

VITESSE SANS PRÉCIPITATION

Bérurier suggère qu'il devrait rester au château afin de questionner les occupants « à la sérieuse », maintenant qu'on est persuadés qu'un meurtrier s'y trouve. Mais moi qui connais Sa Majesté, je devine parfaitement que si elle souhaite demeurer sur place c'est uniquement parce qu'elle a l'intention de galipetter avec les dames salopes qui s'y trouvent, comme il l'a déjà fait la veille avec celle qui se prénomme Marguerite. Il est en rut, présentement, le Gros. Note qu'on le trouve toujours partant pour une séance de jambons mais, à certaines périodes de l'année, sa frénésie de cul est sans limites.

— Non, fais-je. Les gens d'ici restent à disposition, nous volons vers d'autres conquêtes, mon pote.

Là-dessus, le zigoto des écoutes me mouille la compresse en m'indiquant le numéro. J'inscris ledit et on joue cassos. Je suis de plus en plus euphorique. Il ne pleut plus. Mes deux heures de roupille m'ont colmaté les brèches et les rillettes de la grosse cuistote me foutent enfin la paix.

Alphonse Letailleur est en train de sortir son taxi du garage lorsque nous nous annonçons. Sa légitime et lui occupent un petit pavillon de meulière avec de la faïencerie verte autour des fenêtres pour faire joli. Devant, se trouve un jardinet de 50 mètres carrés où poussent, en parfaite harmonie, des dahlias, des poireaux et des orties. Et puis, devant le jardin et bordant la rue ingoudronnée, le garage sans lequel aucun banlieusard ne saurait mener une existence décente (de police).

Letailleur est un mec épais, bourru, portant une veste de cuir râpé et une casquette sommée d'un petit bistounet à la con. Son haleine empeste le rhum du matin dont il couronne son petit déje. Il a le nez et le pourtour dudit d'un brun violacé, avec de jolies veines bleues en forme de la Garonne et ses affluents. Une moustache prolétarienne ajoute de l'agressivité à son masque de picoleur motorisé.

— Ces messieurs ? nous interroge-t-il d'un air pas joyce.

— Monsieur Letailleur ?

— Monsieur Letailleur, moui, c'est à quel sujet ? Je vous préviens que s'il s'agirait d'une course, je suis retenu : j'ai un client que je dois conduire à l'aéroport Charles-de-Gaulle.

— Police.

Il se fout en pétard.

— Vous venez pour mon accrochage de la semaine dernière dans la rue Bordenouille ? Merde ! C'est pas ma faute, l'autre enfoiré de con a reconnu ses torts. Cet enviandé m'avait pas vu surviendre et...

— Votre épouse est encore ici ?

— Elle finit de préparer les mômes pour l'école, moui. Qu'est-ce vous lui voulez ?

— On fait une enquête sur les pharmacies des Yvelines et nous aimerions lui parler.

— Vous êtes marrants : j'ai pas le temps, moi !

— Nous n'avons pas besoin de vous.

— Je suis le mari, non ? rebiffe ce teigneux. Quand c'est que la police interroge ma femme, je dois être présent !

— Rassurez-vous, nous n'avons absolument rien à lui reprocher. Il s'agit de renseignements de routine.

— Pourquoi vous la questionnez pas à la pharmacie ?

Béru intervient :

— Moi, j'vas vous l'dire, mon pote : parce que !

Et il foudroie le taxi driver de son regard rubis plein de sang et de fureur. L'autre rengracie.

— Bon, du moment que vous pouvez faire sans moi.

— On peut ! déclare nettement l'Hénorme.

Alphonse Letailleur rabat la lourde de son garage et grimpe au volant de son bolide. Il ravale ses rancœurs et démarre.

Nous traversons le jardinet. Juste qu'on gravit le petit perron, deux fillettes sortent avec des cartables dans le dos. Elles nous récitent gentiment un « Bonjour, monsieur. Bonjour, monsieur. Bonjour, monsieur » qui nous fait apprécier de n'être que trois au lieu de cent-vingt.

Et voilà Germaine Letailleur, la maman. Ce qu'on appelle « une bonne grosse ». Sympa, dodue, fondante, blondasseuse, le pif en petite pomme de terre nouvelle lisse et rose, le regard breton, la bouche gourmande. Elle est encore en peignoir et savates, pas coiffée.

Confuse, elle nous constate et s'effare. Je lui brade un vanne comme quoi le ministère de la Santé a demandé de procéder à une enquête concernant les pharmacies du département. C'est le genre de « brave personne » à tout accepter d'emblée, quitte à se poser des questions après.

— Vous m'excuserez de vous recevoir dans cette tenue, je me suis occupée de mes enfants et...

— C'est nous qui vous prions de nous excuser, chère madame, m'empressé-je-t-il.

— D'autant, renchérit Béru que j'vous

trouve drôlement sexy dans c'te tenue. Je raffole les dames qui sentent encore le plumard, ça me porte au sang.

La digne épouse est un peu décontenancée par le compliment abrupt. Timide, elle se croit obligée d'en sourire.

Béru me chuchote à l'oreille :

— Ça, c'est pour ma pomme, dis-moi pas l'contraire. Une gerce commak, j'en fais mes beaux dimanches.

Je le rebuffe d'un regard peu complice.

— Madame Letailleur, depuis combien de temps travaillez-vous à la pharmacie de Vilain-le-Bel ?

— Sept ans.

— Vous êtes satisfaite de votre employeur ?

— Oh ! oui : Mme Purgon est très gentille.

— C'est une dame âgée, n'est-ce pas ?

Elle fait une moue gentille.

— Ça commence, bien sûr, mais elle reste très active.

— Comment vit-elle ?

— Fraise ! pouffe Bérurier.

— Pardon ? lui fais-je.

Il redit :

— Fraise. « Comment vit-elle, fraise. » Vittel-fraise, tu piges ?

Et il rit.

— Je suis impayab', annonce-t-il à Germaine Letailleur. Dès qu'j'su en présence d'un' jolie femme, j'fuse !

Elle sourit. Il s'approche, s'assied sur la table, près d'elle.

— Je raffole votre odeur. Vous sentez la nichée d'lapins. J'en él'vais, jadis, à not' ferme. Vous permettez ?

Il se penche, écarte le col-châle du peignoir et renifle.

— Pile exaguetement, ma jolie : la nichée d'lapins. On d'vine qu'c'est aussi pareillement doux, là-dedans. Si j'oserais, j'y mettrais ma figure pour m'goinfrer le nez un grand coup !

— Tu veux bien ficher la paix à madame, j'ai à lui parler ! dis-je sévèrement.

— En quoi gêné-je ? Cause-z'y tant qu'tu veux, j'peux y humer l'décolleté sans qu'ça l'empêchasse d'répond', non ?

Force m'est de poursuivre car il est d'une obstination de morpion, le bougre !

— Vous n'avez pas répondu à ma dernière question, madame Letailleur. Comment vit Mme Purgon ?

Elle arrondit bouche et yeux.

— Mais... très simplement. Elle ne sort pas. Elle adore ses chats. Elle va à la messe le dimanche.

— Bref, une personne irréprochable ?

— Absolument.

— Des relations ?

— Son frère jumeau qui vient passer une huitaine à la pharmacie, deux ou trois fois l'an ; ils sont très liés.

— Et à part lui ?

— Il y a quelques années elle recevait également une de ses amies de faculté, mais elle est morte.

— Vous avez un réfrigérateur à la pharmacie, n'est-ce pas ?

— Deux.

— Vous les utilisez l'un et l'autre ?

— En principe, oui.

— Pourquoi, en principe ?

— Parce que, depuis quelques jours, celui de son appartement est hors d'usage, le moteur ayant brûlé, elle se sert de celui de l'arrière-boutique à des fins personnelles, en attendant qu'on vienne lui réparer le sien.

— Donnez-moi vot'main, mon trognon, requiert brusquement l'officier de police Alexandre-Benoît Bérurier.

Surprise, mais sans défiance marquée, la préparatrice lui confie sa sinistre. Le gros la place ouverte et de dos, sur son genou.

— Mazette ! s'exclame-t-il, vous vous payez une de ces lignes de vie, ma belle !

— Vraiment ?

— Mordez-me-la : la rue de Vaugirard est moins longue ! Et la ligne de chance, pas dégueu non plus. Et puis toutes ces ramificances ! Charogne, ça va pas êt' triste. V's'allez vous payer un' séance d'ivresse av'c un grand bel homme élégant monté comme le mètre étalon. Une chopine comme vot' avant-bras,

trésor, dont jamais vous n'avez vu la pareille ! Y
a du beurre dans cette maison ? Oui : j'en voye
su' la table qui reste du déjeuner d'vos mômes.
Il va êt' le bienv'nu, espérez !

Il porte la main de la dame à sa bouche pour
un baiser galantin et la dépose ensuite sur un
superbe renflement plaqué le long de la face
interne de sa cuisse. Sur le coup, Germaine
Letailleur n'y prend pas garde, mais soudain
elle se livre à une supposition faramineuse et
sursaute.

Béru bat des paupières pour la conforter dans
l'hypothèse insensée. La dame reste coite,
n'osant ni bouger sa paluche ni la retirer.

— Textuel ! chuchote Bérurier. On peut pas
faire plus authentique, ma loute. V'voiliez
qu'c'que j'vous ai prédictionné s'réalise déjà ?
La toute belle rencontre, longue et de fort
diamét'. Bien vibrante et juteuse, j'vous promets ! J'ai aperçu vot' gapian en arrivant. Sans
vouloir dénigrer : pas terrible. Un chiant, hein ?
Un pas drôlet ! J'vous voye mal vieillir av'c
c't'un dividu. Il doit vous tirer chaque fois qu'a
une année bitextile, et à la fourre-vite, qu'à
peine il a balancé sa purée, m'sieur dort déjà ;
j'vois le genre. Pour la tendresse, s'adresser aux
petites sœurs des pauv'. Lui, les gâteries préli-
molaires, que tchi ! Disez-moi tout, Germaine,
bien franch'ment. Ça fait combien d'temps qu'y
vous a pas bouffé l'trésor, ce veau ? Hmmm ?
V'v'lez qu'j'réponde ? Des années ! Alors

qu'vot' chattoune, c'est évident qu'elle est meil-
leure qu'du pudinge. Moi, si j'vous entr'prends
à la menteuse, j'vous organise une telle séance
qu'aftère on n'a même pas b'soin d'beurre,
v'v'lez parier ? A quelle heure vous commen-
cez-t-il vot' job ? A neuf heures ? Bon, v'là
c'qu'on va faire : mes collègues vont aller
écluser un caoua au troquet du bout d'la rue et
j'vous illumine l'sensoriel. N'après quoi, on
vous conduirera à Vilain-le-Bel en bagnole, av'c
vot' Solex dans l'coffiot pour qu'vous rentre-
riez.

    « Sana, j'croive avoir conclu qu't'as plus
d'questions à poser, n'est-ce pas ? J'vous
d'mande vingt minutes d'battement, au nègre et
à toi, n'afin qu'j'conclusse l'interrogatoire
d'madame en bonnet difforme. Deux ou trois
bricoles dont ell' répondra plus à l'aise en tête à
tête, pas vrai, Germaine ? »

    Il cligne de l'œil, puis tire sa langue qu'il agite
frénétiquement à l'adresse de sa nouvelle proie,
histoire de lui faire miroiter des délices insonda-
bles.

    Nous laissons le terrain à ce valeureux
conquérant dont le palmarès va s'enrichir d'un
trophée de plus.

    Au lieu de gagner le café conseillé par
Alexandre-Benoît, nous l'attendons dans la
voiture.

    — Nous avons fait ce voyage pour pas grand-

chose, ronchonne Jérémie qui est resté silencieux jusqu'alors.

Les frasques sempiternelles du Gros l'exacer-
bent, si je puis dire. Il est d'une nature ver-
tueuse, le négus, et quand il lui arrive de faire
du contre-carre à Ramadé, son épouse, c'est
presque toujours la mort dans l'âme, parce que
la chair est faible et qu'il vit dans une société en
perdition.

— Détrompe-toi (comme disait une élé-
phante à son mâle), nous ne sommes pas venus
ici pour rien, assuré-je. J'y ai récolté un élément
capital pour l'enquête.

— Quoi ?

— Un mot ! Un seul, qui m'apporte l'éclai-
rage que je souhaitais.

— Quel est ce mot ?

— Cherche !

— Tu me fais des cachotteries ?

— Je veux que tu travailles des méninges,
grand primate. Après tout, l'homme est descendu de vous !

Il branche la radio avec humeur, la monte au
paroxysme.

— Tu es aussi mesquin que ton gros sac à
merde ! dit-il.

— C'est vrai, reconnais-je, je te demande
pardon. Cela dit, il faut que tu trouves le mot
important dont je te parle, disons qu'on fait un
jeu. Je te laisse trois minutes. Si tu trouves

avant la fin de ce délai, je te file cent pions ; sinon, c'est toi qui me les attriques. Banco ?

— Banco !

Il pose sa chevelure d'astrakan sur l'appuie-tête, baisse ses stores et s'abîme dans la rétrospective de mon bref entretien avec Germaine Letailleur. Et puis ses deux gants de boxe s'écartent pour dévoiler les dents immaculées d'un sourire. Ça fait pas trente secondes qu'il réfléchit. Il se penche et me chuchote un mot à l'oreille, pour que tu n'entendes pas. J'extrais un Gégène (1) de ma fouille et le lui tends.

— J'achèterai du nougat aux enfants, dit-il en l'empochant : ils adorent ça.

— T'aurais dû te faire balayeur à Montélimar plutôt qu'à Paris.

Bérurier radine, la trogne en fête, la braguette inclose. Il s'envoiture en trombe.

— Chauffeur, au Bois et lentement ! me jette-t-il.

— Et ta conquête, on ne l'emmène pas ?

— Elle est loin d'être prête et j'l'ai dit qu'on était pressés.

Les promesses que Béru fait aux femmes « avant » ne sont pas toujours tenues complètement « après ».

Je fonce jusqu'à l'autoroute, *nach* Paris.

(1) Les billets de cent francs sont à l'effigie d'Eugène Delacroix.

— Où allons-nous ? s'inquiète Blanc.

— Au Parc-des-Princes.

— Y a match l'matin ? s'étonne Béru.

— Disons que nous allons à côté du stade.

Lui ayant filé un coup de saveur dans mon rétro, je m'étonne :

— Tu ne mets plus ta moumoute, Gros ?

Il porte la main à son devant de crâne dégarni.

— Merde ! J'lai paumée ! constate l'Hénorme.

Il ajoute aussitôt :

— Mais j'sais où qu'elle est.

— Heureusement ! Elle te va si bien qu'il serait tragique que tu l'eusses perdue à tout jamais.

Il rumine :

— S'lon moi, ell' doive êt' dans l'frifri à Germaine. V'là c'qui s'est passé : pour débuter, j'l'ai gloupé la moniche et ma moumoute lu est restée ent' les cuisses. N'ensute, j'ai fourré c't' gentille princesse et, tout en l'embourbant, j'm'ai fait la réflexion qu'elle était fichtrement v'lue et même poilue de l'intérieur, ce qu'est rarissimiste. Moi, taureau fougueux, j'ai enfoncé mes faux crins dans ses dépendances privées, recta ! La vache ! J'espère qu'en s'en sera aperçue, aftère. Mais dans quel état vais-je-t-il la r'trouver, ma moumoute.

— Elle risque d'avoir besoin d'un coup de peigne, admets-je.

L'ascenseur est limité à quatre personnes, aussi avons-nous du mal à nous y loger, compte tenu de la présence du Mastar. On s'entasse pourtant et l'appareil hydraulique nous hisse avec lenteur.

— On va chez le frelot de la pharmagote ? demande Béru.

— En effet. C'est là que la dame Purgon a téléphoné ; mais à mon humble avis il ne s'y trouve pas.

L'immeuble, qui fait face au Parc-des-Princes, est petit-bourgeois, solide et vieillot, avec des odeurs de chlore et des amalgames de parfums et de fumée accrochés aux tentures fatiguées des murs.

Il comporte deux appartes par étage, mais au sixième-dernier, où se trouvaient des chambres de bonnes, transformées depuis lurette en studios, quatre lourdes se proposent. Elles sont parlantes grâce aux cartes de visite punaisées sur le chambranle. Tout à fait à droite, on peut lire « M. Purgon ».

Discret coup de sonnette.

Personne ne répond.

— Il est peut-être dur des feuilles ? suggère Alexandrovitch-Bénito.

Je bisse mon concerto, de manière plus prolongée ; toujours en vain. Mes potes me considèrent d'un air significatif. C'est le moment d'en appeler à mon sésame.

Deux trois rapides manigances dans la serrure et nous entrons. C'est une pièce assez vaste, éclairée par un chien-assis. Le mobilier est réduit : un lit, une garde-robe, une table, trois chaises, un fauteuil. Des hardes masculines sont accrochées à une patère. On trouve un poste de télé en noir et blanc, vieux comme les pionniers du petit écran, une quantité de livres empilés sur le plancher, des photos anciennes, agrandies et pompeusement encadrées, sur les murs. Toutes représentent une dame d'autrefois, avec les cheveux mousseux, le regard clair, le sourire doux, sur fond de véranda exotique, et une charmante petite fille, pas très jolie, à la tête trop forte, mais rieuse à t'en émouvoir un douanier allemand. Des brins de buis (sans doute bénits) sont fichés dans chacun des cadres. Je me dis qu'il s'agit de toute évidence des portraits des deux femmes massacrées en Afrique : la mère et la sœur des Purgon. Maurice leur voue un culte car il n'y a pas moins de huit photographies dans le studio.

— Ça pue le vieux, déclare Béru en prenant place dans le fauteuil.

Son énorme tarbouif pompe l'air douceâtre du studio.

Il déclare :

— Tout compte fait, j'aime pas les vieux : y m'font chier. J'les voye, tout mités, tout branlants, avec des manies, des saloperies partout, des odeurs. En rogne d'viv' encore, on dirait !

Ils en veuillent à la terre entière d'êt' toujours là, dans un monde qu'a changé et qui leur tire des bras d'honneur !

« L'plus pire, c'est les vieux couples. Y a des gens qu'ça attendrisse. Moi, y m'foutent la gerbe. Toujours un des deux à houspiller l'aut'. Tu croives qu'ils s'aiment ? Mon cul ! Ils s'haient. S'entre-surveillent la crevaison. Se guignent les misères dans l'espoir qu'c'est l'conjoint ou la conjointe qui lâch'ra la rampe en premier. Fumiers, si vous sauriez ! Mauvais ! A rouscailler cont' les jeunes ; à prétend' qu'c'était beaucoup mieux d'leur temps à eux. On dit qu'y faut les respecter. Et pourquoi il faut les respecter ? Pac'qu'ils font du rabe ? Qu'ils éternisent ?

« Moi, voiliez-vous, c'est ceux qui crèvent tôt qu'j'respecte. Ceux qu'est mort à la guerre, ou d'accident, ou d'une maladie d'merde. Ceux qu'a pas eu son taf. Qu'a largué la vie en plein soleil, juste qu'ils commençaient à bronzer. Mais les vieux rats d'ombre, mercille beaucoup : cadeau ! Moi, d'en c'qui m'concerne personnellement, je voudrais pas viv' jusqu'à la Saint-Trou. Dieu m'rappelle à Lui à quatre-vingts ans et j'Lu signe une décharge pour solde de tout compte. Enfin, mettons quatre-vingt-cinq si j'serais en bon état. Quand t'as vraiment la santé y a pas l'feu ! »

— Tu es sûr qu'il vivait seul ? demande M. Blanc.

Il revient de la salle de bains tenant une culotte de femme d'un air dégoûté. C'est du sous-vêtement vénérable, couleur saumon tourné, lâche et flasque. L'entrejambe en a été récemment souillé et mal lavé.

— Sa propriétaire l'avait mise à sécher sur le radiateur et l'a oubliée, dit le Négro.

— P't'êt' qu'elle va r'venir, émet le Dodu.

A cet instant, la sonnerie du téléphone retentit. On se met à chercher l'apppareil et on ne l'aperçoit nulle part. Jérémie a l'idée de chercher la prise au bas des murs et ensuite de remonter le fil jusqu'au combiné, lequel est sous le lit.

— Tu réponds ? me demande-t-il.

Je décroche.

— Allô ! fais-je d'un ton de vieil asthmatique enrhumé (de surcroît).

— Ah ! bon, dit une voix d'homme. J'ai déjà appelé il y a un quart d'heure et ça ne répondait pas. J'ai eu peur que tu fusses déjà parti(e) (?).

— Non, pas encore, risqué-je en conservant la même voix chevrotante.

Raté !

L'homme raccroche sans ajouter une broque. Mon « allô » l'avait abusé, mais je ne pouvais me permettre davantage, ces quatre syllabes viennent de m'être fatales.

Furax, j'appelle les écoutes.

— Ici San-Antonio. On vient de parler à Vilain-le-Bel, n'est-ce pas ?

— A l'instant.

— La pharmacie ou le domicile ?

— Le domicile !

— Merci.

Je coupe la communication pour composer en vitesse le numéro de la pharmacie. Une bonne voix placide et ronde me répond.

— Pharmacie de Vilain-le-Bel, j'écoute.

— Madame Letailleur ?

— Elle-même !

— Je suis l'un des trois policiers qui vous ont rendu visite ce matin, pas le Noir ni celui qui a une énorme queue : le beau !

— Ah ! oui, je vois.

— Demandes-y si ell' a r'trouvé ma mou-moute ! lance Bérurier, toujours pratique.

Mais j'ai des soucis plus prioritaires.

— Vous avez vu votre patronne, ce matin ?

— Oui.

— Où se trouve-t-elle ?

— Elle est remontée à l'appartement car elle ne se sentait pas bien.

— Elle va partir, il faut que vous l'en empê-chiez !

— Moi ! Mais...

— Ecoutez, Germaine, il s'agit d'une affaire beaucoup plus grave que vous ne l'imaginez. Voilà ce que vous allez faire, c'est très simple. J'ai remarqué que Mme Purgon accroche sa clé à un clou dans son vestibule. Montez lui deman-der un renseignement quelconque. Emparez-vous subrepticement de la clé en entrant. Quand vous repartirez, vous fermerez la porte depuis l'extérieur. Bien entendu, quand elle s'apercevra qu'elle est enfermée, elle vous téléphonera à la pharmacie pour vous demander de la délivrer. Afin d'éviter toute discussion, vous n'aurez qu'à laisser le téléphone décroché.

— Mais, monsieur, ce que vous me demandez là...

— Vous paraît extravagant, je m'en doute. Mais je vous demande pourtant de le faire. Nous sommes à Paris et il ne nous faut pas plus de quarante minutes pour arriver.

Le Gros m'arrache le combiné.

— Allô, c'est ma grosse louloute d'amour ? Dis-moi, ma mésange, t'aurais-t-il pas r'trouvé ma moumoute dans ta chatte, des fois ? Hein ? Ben oui, c'tait ma moumoute ! Qouaaaâ ! Tu l'as jetée à la poubelle ! Oh ! merde, on n'est pas aidé ! A quelle heure passent les boueux dans ton bled ? Y sont passés quand tu partais ! Misère ! Un' moumoute d'c'prix-là ! Ah ! tu me la copieras !

Il raccroche sauvagement.

— Toutes les mêmes, renaude ce prince de l'amour. Tu leur grougnoutes la moulasse pour leur êt' agréab', et l'remercilement c'est d't' balancer ta moumoute aux ordures. Faut qu'ça va m'servir d'l'çon. Si j'penserais davantage à mon plaisir à moi, j'aurais encore mes crins pour rutiler auprès des gerces !

ASPIRINE ET CONFIDENCES

— En somme, réfléchit M. Blanc, c'est une véritable histoire policière que nous vivons là.

La voiture traverse des champs d'automne. La départementale est jonchée de feuilles mortes boueuses, et des écharpes de brume (comme c'est écrit dans les livres des dames) festonnent aux branches des arbres.

— Pourquoi est-ce une véritable histoire policière, Jérémie ?

— On tourne autour des lieux cruciaux. Ça fait la spirale... La pharmacie, le château ; le château, la pharmacie... A en attraper le vertigo. On sent bien que toute l'histoire mitonne entre ces deux pôles. La vieille mère Christie aurait mouillé devant un mystère pareil.

Un instant de silence. On entend — à peine — les cylindres suractivés de ma Quattroporte. Pour sortir de Paname, j'ai mis, ce qui est rarissime, mon gyrophare sur le toit, et branché ma sirène, mais je déteste alerter les populations, d'autant qu'ils éberluent vachement, les gus, de voir déferler la poule dans une Maserati blanche ! C'est pourquoi, une fois la voie déga-gée, j'ai « rebanalisé » mon véhicule.

Je roule à fond de plancher, le regard fixe, la mâchoire crochetée par l'attention.

— Tout ça évolue bien, poursuit M. Blanc. Selon une logique impeccable.

Béru qui ne suit pas la converse, déclare tout à trac :

— Tiens, Tonio, tu sais qui ai-je-t-il rencon-tré, pas plus tard qu'hier ?

Comme je m'en fous, je ne réponds pas, et comme je ne réponds pas, il le dit.

— M'sieur Félix, le prof ; çu qu'a la bite plus grosse qu'la mienne, n'au point qu'chez lui c't'une infirmité. Tu t'rappelles qu'il avait quitté l'enseignement ?

— Oui, souris-je. Il faisait les terrasses de cafés en déposant la photographie de son sexe, accompagnée de son numéro de téléphone, sur les tables des dames seules. Les plus curieuses et les plus salopes l'appelaient afin de prendre rendez-vous, et il percevait des honoraires pour les laisser jouer avec l'instrument phénoménal.

— Il a laissé quimper : y avait qu'les tarde-ries qui s'aventuraient, ça lui filait l'bourdon. Il s'est fait rintégrer dans un pensionnat d'gar-çons. Y donne des cours d'éducance sexuelle. Professeur d'branlette, il a choisi. Félix a r'mar-qué qu'la plupart des indolescents s'pognaient mal. Y en avait qui s'irritaient l'panais. Tu peux pas savoir les manières qu'ils emploient certains. Un exercice qu'est pourtant simp' comme bonjour ! Il a découvert, Félix, que la branlette, c'est fonction des dimensions et d'la conformance du chibraque. Si tu veux pas t'dolorer la membrane, faut savoir comment bien la saisir, tu saisis ?

Il continue de nous relater les théories « onaniques » du brave Félix ; le sujet est, incontestablement, d'un grand intérêt, toutefois je le juge inopportun en cet instant d'effervescence policière.

Voilà Vilain-le-Bel. Son panneau. Son monument aux morts, son école communale. Sa pharmacie !

Comme je stoppe devant, Germaine Letailleur, qui nous guettait, se précipite à notre rencontre. Elle est bredouillante d'émotion.

— J'ai fait tout ce que vous m'avez recommandé, comme vous me l'avez dit, monsieur le commissaire, je vous le jure sur la vie de mes enfants...

— Mais ? demandé-je rudement, comprenant qu'il va y en avoir un.

— Mais elle a pu sortir tout de même. Peut-être en appelant quelqu'un du quartier depuis sa fenêtre ?

— Et elle a filé ?

La bonne grosse fourrée à la moumoute béruréenne ouvre grand ses lotos de porcelaine.

— Non, pas du tout. Elle est descendue à la

pharmacie. Elle y est : regardez à travers la vitre, elle prépare une ordonnance pour la servante du curé. Dites, vous savez ce que je viens d'apprendre ? Notre doctoresse a été assassinée dans la nuit ! Au hameau des Lanterniers. Une jeune femme ravissante, si vous saviez !

— C'est triste, fais-je en pénétrant dans l'officine.

Mémère, elle farfouille dans un grand tiroir extra-plat, à la recherche de Couillacilline Blackboulée 16. La bonne du curé évoque la disparition de la pauvre Marie-France Pardevent. Toute la région est en émoi. Le hameau des Lanterniers grouille de gendarmes, magistrats, journalistes. Y a deux cars de télé. C'est la monstre effervescence.

Ma pharmacienne pleure tout en explorant son foutu tiroir. Elle appréciait beaucoup le docteur Pardevent, praticienne très capable. Ses larmes ajoutent à sa presque cécité, si je puis dire. Elle bornique comme une perdue. Elle dit :

— Germaine n'est donc pas là ? Elle a dû se rendre aux toilettes, qu'est-ce qu'il y a d'écrit sur ce produit, mademoiselle Marthe ?

Et l'autre, miraude aussi, d'épeler :

— Foutricine Ballepeau.

— Alors, c'est pas ça.

Le retour de la dame Letailleur sauve la

pharmacienne. Elle lui tend l'ordonnance puis me fait front.

— Et pour vous, jeune homme ?

Sa mauvaise vue m'est bénéfique. Jeune homme ! Toujours bon à prendre. Agiter avant de s'en servir, dirait M. Félix à ses élèves.

— Bonjour, madame Purgon. Vous ne me reconnaissez pas ?

Elle approche son nez du bouton central de mon veston.

— Eh bien... C'est-à-dire... Heu, pas tout à fait. J'ai la vue si basse !

— Nous avons eu une conversation cette nuit, rappelé-je avec un sourire si angélique que les saints du paradis m'empileraient leurs auréoles sur la tronche.

Elle sursaille.

— Bien sûr ! Où avais-je la tête !

Je baisse le ton :

— Sur l'oreiller de votre frère, à Paris, fais-je.

Là, elle se met à me jouer « Parkinson sonne toujours deux fois ». C'est le gros émoi, la chevrote indicible, le à glagla d'Aglaé des jours noirs.

— Montons donc parler de tout ça dans votre appartement, dis-je.

Délibérément, je l'entraîne vers la sortie, biscotte il faut repasser par le trottoir pour emprunter l'entrée donnant accès à son logement. Elle est livide, la vieille. Mes potes qui m'atten-

dent devant la charrette m'adressent une grimace compassive (dirait le Gravos). Jérémie,
d'un hochement de chef, me demande si je
souhaite qu'il m'accompagne, mais je préfère
avoir une discussion entre « quat'z'yeux » avec
la potarde.

On escalade lentement l'escadrin. Bien sûr,
les clés ne sont plus sur la porte. C'est
Mme Purgon qui les défouille de sa blouse et
essaie d'enquiller la serrure. Elle sucre si fort
que ça devient « Les Coulisses de l'Exploit »
(que mon cher Gildas ferait bien de reprendre
pour nous changer un peu de ces chieries
américaines où, sur toutes les chaînes, et aux
mêmes heures, on te raconte les mêmes débili-
tés, interprétées par les mêmes tocards calamis-
trés avec un dialogue à se faire maigrir jusqu'à
ce qu'on parvienne à se mordre le zob !).

Je viens à son secours, déponne.

On entre. Moi, m'effaçant, elle hésitant.
Petit ballet des convenances en un moment peu
propice à cela. Et puis nous sommes dans
l'apparte. Les greffiers immuables miaulent en
chœur pour la bouffe. Ils nous ronronnent
contre, le dos arqué, la queue droite, pattes de
velours, la faim les rendant hypocrites. Ils
m'agacent, ces greffiers jouisseurs, indifférents
qui se gardent pour eux.

— Asseyez-vous, madame Purgon : vous
n'avez plus de jambes !

Elle obéit, se dépose dans le fauteuil aux

coussins ravagés par les griffes de ses pensionnaires. Aussitôt, elle a trois, quatre, cinq chats
qui l'escaladent. Gagnée par l'habitude, elle les
calme des deux mains en leur disant des :
« Allons, allons, gentils, calmez-vous, les fri-
pons. »

Je biche une chaise pour me placer à califourchon, face à elle. Ainsi agis-je dans les circonstances épineuses.

On reste un bon moment à se considérer.
Moi, avec une espèce de douceur mélancolique,
elle avec une crainte renforcée par sa dure
myopie.

— Vous ne deviez rentrer que ce soir ?
attaqué-je.

Elle commence d'opiner puis se fige, surprise.

— Comment le savez-vous ?

Je souris et, comme si le mot expliquait tout,
je laisse tomber, avec un haussement
d'épaules :

— Police.

Elle admet. C'est une brave femme, désemparée, soumise.

— Pourquoi êtes-vous rentrée plus tôt qu'il
ne vous le demandait ? Parce que vous le sentiez
en danger ?

Affirmatif, mon colonel.

— Votre retour inopiné est tombé à point
pour lui, fais-je, quelqu'un l'avait enfermé dans
cet appartement.

— Il ne s'en était pas encore aperçu, révèle-t-elle.

— Lorsque vous le lui avez appris, il est parti ?

Elle opine.

— Pour où ?

— Il n'a pas dit.

— Il a « tout » emporté ?

Elle me regarde et détourne la tête.

— Je ne sais pas de quoi vous parlez.

— Peut-être que si, mais passons. Vous me permettez de téléphoner, madame Purgon ?

— Naturellement.

Je suis déjà au biniou, à composer le numéro de la Grande Cabane. Je réclame Mathias et l'obtiens.

— Salut, Van Gogh ! Tu as progressé, depuis l'aube ?

— Vaguement. Vous vouliez connaître les raisons ayant motivé la mise à la retraite anticipée du commandant Purgon ; or celles-ci sont assez ténébreuses. Il semblerait, à travers ce qu'on en peut connaître, que Maurice Purgon aurait commis une faute professionnelle sur la personne d'un militaire détenu en prison. L'homme en question aurait reçu une dose de calmant ayant entraîné son décès. Il était très agité et c'est la raison pour laquelle on avait mandé le médecin à son chevet.

— De quel délit s'était-il rendu coupable ?

— Il était accusé d'avoir violé une petite fille.

— Merci, Mathias, tu peux arrêter tes investigations.

Je raccroche. Comme le bigophone se trouve à proximité de la croisée, je soulève un rideau de celle-ci, ce qui m'offre une plongée imparable sur le café d'en face, au rade duquel Sa Majesté Béru Ier écluse un calva dégustation. En me penchant davantage, je peux apercevoir M. Blanc, adossé au capot de la Maserati. Un camion de livraison stationné en double file obstrue la petite rue provinciale. Tout est calme, serein.

Je reviens prendre ma place cavalière, face à la pharmacienne.

— C'est fou ! dis-je.

— Quoi donc ?

— La ressemblance.

— Nous sommes de vrais jumeaux, dit-elle avec une attendrissante fierté.

— A ce point, c'est hallucinant. Seule différence, légère, d'ailleurs : la voix. Evidemment, celle de Maurice est plus basse que la vôtre.

Ça ne la surprend pas que j'appelle son frère par son prénom. Quelque part, cette familiarité crée une sorte de vague complicité.

— La vue diffère aussi, fais-je. Il porte des lunettes aux verres moins épais.

— C'est exact ; vous êtes observateur.

— Flic ! réponds-je, du ton qu'emploie Har-

pagon pour lancer sa fameuse objection :
« Sans dot ! »

La troisième différence, fondamentale celle-
là, je ne la lui signale pas. C'est une chose que
je garde pour moi. Une chose qui fut détermi-
nante. J'en demande pardon à mes lecteurs
ayant la bouche en chemin d'œuf (si d'aventure
j'en ai encore), mais quand ils font pipi, le bruit
de leur miction est différent. C'est cela qui m'a
frappé la nuit passée, dans la chambre de
Francine de Saint-Braque. Lorsque la fausse
Anne-Marie Purgon s'est levée, elle est passée
dans sa salle de bains pour uriner. A leur âge, la
vessie vacille. Son autonomie n'est pas grande
et ses nécessités impérieuses. C'est là qu'il y a
eu « déclenchement » dans mon cigare, Edgar.
Je me suis dit « Mais, bon Dieu, c'est un mec
qui lancequinait, tout à l'heure ! » Tu vois à
quoi tiennent les circonstances ? Maurice n'aurait pas eu besoin de lâcher un fil, je passais à
côté de la gagne.

Et du temps qu'on se dit tout, du temps que
je m'épanche, moi aussi, laisse-moi te révéler
que le fameux mot balancé par la grosse Germaine et qui a fait gagner cent balles à Jérémie,
c'était le mot « jumeau ». Son frère *jumeau !*
Là, l'horizon s'éclairait pleins feux.

— Où est-il allé, madame Purgon ?

Elle a un frémissement de toute sa tête.

— Cela, je n'en sais fichtre rien, monsieur le
policier.

Je fais un curieux saut sur ma chaise afin de me rapprocher d'elle. Manque de bol, un pied de mon siège coince la queue d'un matou, lequel renaude sauvagement.

— Oh! mon pauvre chérubin! se désole la pharmacienne.

— Navré, dis-je. Mais ce n'est pas grave.

Je laisse se refroidir l'incident, puis j'avance ma main virile sur sa patte de poule (identique à celle de son frangin).

— J'aimerais que vous compreniez une chose, madame Purgon : je suis un policier, certes, mais je ne vous veux aucun mal. Au contraire, j'aimerais pouvoir vous aider. Seulement, pour cela, il faut tout me dire. Plus je serai au courant de la situation, mieux je pourrai la contrôler.

Moi, je ne suis pas comme Béru : les vieux m'émeuvent. Je ne les respecte pas parce qu'ils ont vécu longtemps, mais parce qu'ils *doivent* vivre encore. Je devine leur grande fatigue, leur renoncement profond. Ils continuent d'affronter un monde qui leur devient de plus en plus étranger. Ce sont les naufragés du temps.

Et tu sais ce qu'elle répond à mon discours ? D'une pauvre voix de vieille petite fille dépassée par les circonstances :

— Vous êtes gentil, monsieur le policier.

Oui, c'est vrai, je suis gentil. Si je le suis, j'ai pas de mérite à cela, c'est parce que je comprends les choses.

— Votre vie a été traumatisée à tout jamais par le drame que vous avez vécu en Afrique, n'est-ce pas?

Elle fait « oui » de la tête. Des larmes dégoulinent par-dessous les épaisses lunettes bleutées.

— Cette tragédie, poursuis-je, a particulièrement affecté votre frère et il aura passé sa vie à venger votre mère et votre sœur. Au lieu de se calmer avec l'âge, cette rancune n'a fait que croître. Elle est devenue obsessionnelle. Maurice a déclaré la guerre aux violeurs d'enfants. Une guerre sans merci qui, d'ailleurs, lui aura coûté sa carrière. N'est-ce pas?

Nouvelle approbation muette. Ses larmes se font de plus en plus abondantes.

— Quelle étrange histoire que la vôtre, soupiré-je. Vous étiez tellement soudés par le malheur que vous ne vous êtes mariés ni l'un ni l'autre. Vous formez une sorte de couple farouche, uni par le souvenir sanglant de la famille saccagée, et réchauffé par la haine. Je suppose qu'au lieu de se calmer avec le temps, celle-ci n'a fait que croître dans le cœur de Maurice. Ne pensez-vous pas que sa raison en a été ébranlée?

Elle ne saisit pas la perche que je lui tends. C'est une naïve, dans son genre, Mme Purgon.

— Lui? Oh! non, il n'est pas fou. Au contraire, tout est très bien agencé dans son esprit.

— Il consacre son existence à rechercher les violeurs d'enfants, n'est-ce pas ? Ceux qui ont payé leur dette à la Justice, soi-disant, ne sont pas quittes envers Maurice Purgon. Il les retrouve, où qu'ils soient, et il les émascule. Et chaque fois, c'est sa mère et sa petite sœur qu'il venge, n'est-ce pas ?

Elle continue de hocher la tête affirmativement. Je pense qu'elle a été convertie par son jumeau, qu'elle a adopté sa philosophie du talion. Un talion qui ne se terminera qu'avec eux. Elle est tout aussi dérangée que Maurice et c'est pourquoi elle le trouve sain d'esprit, voire également saint, à la rigueur. Il est, à ses yeux, investi d'une mission sacrée. Il supplée à la carence de la justice. Probablement situe-t-elle la sienne entre celle des hommes et celle de Dieu ? J'ai lu, au cours de ces dernières années, dans les faits divers, la relation de ces ablations d'organes. Il s'en est produit en Italie, en Allemagne, au Maroc... Ainsi, elles étaient dues à un même singulier personnage : le docteur Maurice Purgon ! Et dans sa folie, l'ancien médecin militaire conserve les horribles trophées ! Impensable !

— Il se déplaçait beaucoup, n'est-ce pas ? rêvassé-je.

— Oui.

— Il pourchassait les sadiques violeurs d'enfants au-delà de nos frontières ?

— Maurice est un homme cultivé qui lit la presse de plusieurs pays : il parle cinq langues !

Comme elle est fière de lui !

— Pourquoi avoir permuté, madame Purgon ?

— Pardon ?

— Je veux dire, pourquoi est-il venu s'installer ici en jouant votre personnage, ce qui n'était pas difficile, compte tenu de votre incroyable ressemblance, et pourquoi êtes-vous, vous, allée habiter son studio de Paris ?

Elle semble si gentille, mammy Purgon. Si douce ! Elle doit donner beaucoup d'elle-même aux autres. Les conseiller. Leur prodiguer de ces remèdes indécis que peut proposer un pharmacien sans la caution d'un médecin : maux de gorge, plaies purulentes, règles douloureuses, migraines, otites, ulcérations de l'estomac, insomnies tenaces, constipations chroniques. Et puis il y a cette faille gigantesque dans son être : sa foi totale en son frère meurtrier par « volonté de justice ».

— La dernière fois qu'il a « opéré », c'était en Belgique. Je crois qu'il a eu quelques problèmes et qu'il s'est fait repérer. A son retour, il m'a demandé que nous échangions nos habitudes. Comme il est médecin et qu'il vient faire de fréquents séjours ici, la pharmacie ne lui posait aucun problème. De mon côté, ça m'a fait du bien de dételer un peu. Certes, cela m'a contrariée à cause de mes chats, mais Maurice

les aime autant que moi et je sais qu'il s'occupe
bien d'eux. Notez qu'il a eu raison de prendre
cette précaution. Pendant mon séjour chez lui,
quelqu'un est venu frapper à ma porte : un
homme jeune qui n'avait pas très bon genre. Il
m'a demandé M. Purgon. Je lui ai répondu qu'il
n'y avait pas de M. Purgon, mais une Mlle Purgon : moi ! Il a paru déconcerté et s'est retiré
sans préciser l'objet de sa visite. Evidemment
s'il avait demandé à la concierge... Mais cet
individu semblait peu soucieux de se faire
remarquer.

Elle ajoute en glissant ses doigts décharnés
dans le pelage soyeux d'un greffier angora
blanc :

— Je suis bien aise de retrouver ma maison.

Comme ça. Simplissimo ! La carburation doit
avoir des ratés, chez mémère. Elle te raconte
les sinistres exploits du frangin et sa satisfaction
de rentrer au bercail. L'innocence, te dis-je.
L'innocence désarmante. Pour elle, buter un
violeur et lui sectionner le sexe ne constitue pas
un crime, mais au contraire un exploit !

— Vous savez que Maurice conserve les
sexes qu'il prélève sur ses...

Je n'ose lui sortir le mot « victimes » qui la
ferait bondir et romprait le charme.

— Les sexes qu'il prélève sur ces gredins,
reprends-je.

Elle a un haut-le-corps.

— Quelle idée !

— Il ne vous l'a pas dit ?

— Mais enfin, ce serait de la démence !

OUI, C'EST DE LA DEMENCE ! J'esquive. Le frelot ne s'est donc pas confié totalement. Même vis-à-vis de sa sœur pourtant fanatisée, il garde des coins d'ombre.

— Vous êtes au courant, pour le docteur Pardevent ?

Elle prend une expression affligée.

— Seigneur, je viens d'apprendre la chose ! Quelle horreur ! Cette gentille fille ! Un peu à gauche question idées, mais ça ne l'empêchait pas d'être une excellente praticienne, et dévouée !

— Il y a des exceptions, dis-je.

— La preuve ! Marie-France avait un caractère assez rugueux, mais le cœur sur la main. Elle vivait en artiste ; un peu trop pour un médecin de province, néanmoins elle était appréciée dans la contrée. J'espère qu'on découvrira son meurtrier et qu'il paiera !

— Vous n'avez pas la moindre idée quant à l'identité de ce dernier ?

Elle est soufflée.

— Moi ? Mais, monsieur le détective, comment voulez-vous que j'aie une idée ! Ce n'est sûrement pas quelqu'un de la région, mais un malandrin, je suppose. Un de ces auto-stoppeurs hirsutes qui vous font froid dans le dos.

— Votre frère a une auto ?

— Bien sûr.

— Il est venu ici avec ?

— Oui, mais comme il se faisait passer pour moi, il l'avait cachée sous la remise du père Maréchal ; un vieux bonhomme sans famille qu'on a conduit récemment à l'hospice.

— Qu'est-ce que c'est comme véhicule ?

— Une Mercedes déjà ancienne. Grise.

— Quatre portes ?

— Oui, pourquoi ?

— Immatriculée ?

— Dans le Morbihan, à cause de notre demeure de Belle-Ile.

— Bien sûr. Vous ne vous rappelez pas le numéro ?

— Grands dieux ! Je ne l'ai même jamais regardé. Pourquoi ?

— Pour rien, madame Purgon. Je vous laisse soigner vos gentils pensionnaires.

Elle me tend sa patte de gallinacé ornée d'une bague dont la pierre est une opale. J'aime pas l'opale, on dit qu'elle porte la scoume. Mais comme je ne suis pas superstitieux, je vais essayer de l'aimer. En fait, ça me fait songer à un œil crevé.

— Au fait, madame Purgon, votre frère ne vous a rien dit pour expliquer son départ précipité ?

— On voit que vous ne connaissez pas Maurice !

Si, je le connais. Dans le rôle d'Anne-Marie,

certes, mais enfin, c'était tout de même Maurice, non ?

— Pourquoi ?

— C'est un homme très... compartimenté. Il y a les instants où il agit, et puis les instants où il parle ; il ne fait jamais les deux en même temps.

— Et en ce moment, il est dans sa phase active, n'est-ce pas ?

— Exactement.

ENQUÊTE SUR UN CITOYEN
AU-DESSOUS DE TOUT SOUPÇON

Lorsque j'ai terminé de téléphoner à la maison mère à propos de la Mercedes de Maurice Purgon, je reviens au rade du troquet où Béru, imperturbable, lit *Le Parisien Libéré*.

Bientôt, on va retrouver l'ancien médecin militaire. Et puis ? On l'enfermera, c'est certain. Il relève du cabanon plus que des assises.

Le Gros fait signe à la mastroquette de lui renouveler sa conso.

Il dit, en tapotant son baveux :

— Ils nous pompent l'air av'c les éléphants. T'sais c'qu'y z'ont l'culot d'écrire ? Qu'c'est des animals sans défense ! Vraiment, faut pas crainde d'prend' l'monde pour des cons. Sans défenses, les éléphants !

— Tu payes et on s'en va, réponds-je.

Je me sens tout mécontent du dedans. Ça tourne foirade avec ces deux vieux. Les vengeurs perpétuels. Dans le fond, ça dénote du refoulement sexuel, non ? Buter des violeurs pour leur couper le zizi fait appel à d'étranges instincts. Doit pas faire bon dans son bénouze, au docteur. Quant à la vie humaine, lui, connaît pas. Pour un médecin, bravo ! La manière qu'il a effacé la petite Marie-France, cette nuit, froidement, parce qu'elle risquait de le faire démasquer. Elle en savait trop, avait la puce à l'oreille. Alors, il n'a pas hésité une seconde.

Juste qu'on va rejoindre M. Blanc, voilà mon chosefrère, le commissaire Mazurier Louis, qui se pointe, escorté de deux de ses péones. Il pousse une frime étrange venue d'ailleurs en m'apercevant.

— Comment ! Tu es sur le coup de la doctoresse, toi aussi ? ne peut-il s'empêcher de rouscailler.

Je lui souris franc et loyal.

— T'es fou ! je passais !

Il est aussi crédule qu'un marchand de voitures d'occasion à qui tu essaies de faire croire que le compteur de ta vieille DS marque réellement huit mille bornes parce qu'elle appartenait à ton vieux papa qui s'en servait très peu, because ses rhumatismes déformants.

— Tu passais ! O.K., tu passais.

— Ça avance, ton enquête ? je lui demande aimablement.

— Hé ! dis, mollo : j'arrive.

— Elle a été butée comment, cette petite doctoresse ?

— Revolvérisée.

— Le service de la balistique éclairera ta lanterne. Tu verras que le feu qui a craché ces noyaux est un vieux pistolet de l'armée.

Mazurier, son regard se met à faire la colle. Tu croirais de la soupe de semoule en train de refroidir.

— Dis voir, l'ami, si tu sais des trucs, tu ferais bien de les déposer dans la corbeille de mariage, aboie-t-il.

— Je sais rien : j'ai des flashes.

— Mon cul, oui ! Toi, faut toujours que tu fasses bande à part avec ton équipe réduite de zozos dont je ne voudrais même pas pour jouer les gugusses à la fête de la Police !

Bérurier réagit.

— C'est des rognes qu'on cherche ? demande-t-il en retirant son dentier pour le serrer dans sa poche.

Mon confrère qui connaît la répute du Mastar, rengracie :

— Merde ! Si on ne peut plus plaisanter, c'est à désespérer de la France !

Tout de suite les grands mots ! L'envolée de la patrouille de France !

Il sourit jaune, ajoute :

— Chiotte d'enquête, je couve la grippe. Je dois cogner le 39.

— J'ai un remède efficace, déclare le Gros : le café-marc !

— Je connais, merci, dit Mazurier.

— Tu connais, mais pas les proportions,

Louis, affirme Sa Majesté. V'là la recette exaguete et testuelle. Tu prends un bol. Tu mets une pièce d'un franc au fond. N'ensute, tu verses du café dessus jusqu'à ce que tu voyes plus la pièce ; tu m'suis ?

— Fiévreusement, ricane Mazurier.

— Après ça, reprend Béru, tu verses du marc sur le café jusqu'à ce que tu revoyes la pièce. Et alors là, t'écluses sans l'avaler.

Le commissaire a le tact de rire. Puis, me prenant par le bras.

— Pourquoi as-tu parlé d'un vieux pistolet de l'armée, Antoine ?

— Au pif, Loulou, au pif, parole ! Mais il se peut que je me goure.

Je le plante sur une bourrade. Retour à ma chignole. Plus de Jérémie. Rarissime qu'il se débine sur le sentier de la guerre, le Négus. Lui, c'est l'assiégé modèle, style « Je meurs mais ne me rends pas ». On le tue sur place, M. Blanc. Il est stoïque. N'a peur de rien, pas même du temps qu'on use à attendre, c'est-à-dire qu'on gaspille alors qu'il nous est si chichement imparti.

— Où a-t-il z'été ? peste Bérurier, toujours disposé à en remettre pour casser la cabane au Noirpiot.

Il pète un bon coup franc et massif dans la grand-rue, faisant se retourner Mme Mongenoud, la femme du notaire qui revient de la teinturerie.

Elle le foudroie d'un regard outré.

— C'est la vie, lui objecte Bérurier. Le gaz part !

Puis, à moi :

— J'vas faire un câlin à Germaine en attendant l'retour d'ce grand chien panzé.

Il pénètre dans la pharmacie.

Je reste seul au volant de ma belle chignole blanche. Faudrait que je la change contre une tire qui consomme moins, plus maniable. J'arrive pas à me décider. C'est mon luxe. Quand j'enfonce le champignon, il se passe quelque chose. Et puis, trousser une frangine dans ce carrosse ajoute au plaisir. J'en ai déjà ramoné quelques-unes sur le cuir fauve de la banquette arrière ; c'est le privilège des vitres teintées spéciales que j'ai fait poser. Tu peux loncher sur les Champs-Elysées sans choquer personne. Juste que la caisse remue un peu, mais le badaud pense que t'as laissé ton bouvier des Flandres à l'intérieur.

Je renverse ma tronche sur l'appuie-tête et je récapitule.

Le problo du château reste à élucider. Un qui me titille la pensarde, c'est le cousin Gonzague. Où était-il la nuit au cours de laquelle Riton a été égorgé et découillé ? Est-ce lui qui a écrit ce message qui enveloppait le caillou balancé dans la vitre de l'office ? Lui qui a glissé l'appareil reproducteur de l'ancien taulard sous le traversin de sa cousine ? Franchement, je fais une plongée dans un drôle d'univers ; cette fois, j'ai touché des gens bizarres, complètement azimutés les uns et les autres.

Une somnolence me gagne. Dans un flou irréel, j'imagine mon Toinet sautant la grosse Berthe. Ce gamin besognant une baleine, intrépide Jonas de communale ! L'éveil, la poussée irrésistible des sens ! Il joue encore et baise déjà ! Ligne de partage des zoos, comme ce point indiqué sur l'autoroute Paris-Lyon où la flotte cesse d'aller à l'Atlantique pour couler vers la Méditerranée. Le môme est toujours un gamin, mais avec des pulsions d'homme. Toujours est-il qu'il promet !

Une silhouette sombre s'inscrit dans mon champ de vision : M. Blanc qui radine.

Il prend place à mon côté. Il a des toiles d'araignée dans ses cheveux crépus et les larges ailes de son pif palpitent comme les flancs d'un animal forcé.

— D'où viens-tu ?

— De la grange du père Maréchal.

Car je lui ai relaté ma converse avec dame Purgon.

— Tu y as trouvé un élément intéressant ?

— Plutôt !

— Quoi donc ?

— La Mercedes.

Je suis sidéré. Et moi qui, certain que l'ancien médecin militaire était parti avec sa caisse, négligeais d'aller vérifier !

— Elle y est encore ? effaré-je.

— Empoussiérée, avec des brins de paille et des fientes de poules. C'est un modèle vénérable, un peu genre tank ; peut-être que le maréchal Goering a traîné son gros cul sur ses banquettes de cuir !

— Donc, Maurice Purgon est parti en empruntant un autre moyen de transport ?

— Donc, oui, fait M. Blanc.

Il murmure :

— Il est chié, ce mec.

Je pénètre dans la pharmacie, histoire de poser certaines questions à Germaine Letailleur.

Elle est accoudée à la banque-vitrine contenant des parfums, des savonnettes et de l'after-chèvre (comme dit le Gravos). Je la trouve toute bizarre. L'air abasourdi, si tu vois ; comme une qui vient de recevoir les résultats de ses examens médicaux et qui aurait appris du fâcheux. Elle se tient penchée, les coudes écartés, la tête rentrée, le regard en flaque, la bouche entrouverte sur une langue mousseuse.

— Tiens, lui dis-je, je croyais que mon collaborateur était ici.

Un grognement m'informe qu'il y est bel et bien. Je contourne la banque et j'avise l'Energumène agenouillé derrière la femme du taxi-driver dont il a relevé la jupe et tombé le slip, en train de lui faire « feuille de rose ». Ninette, c'est la première fois qu'on lui décerne cette haute distinction. Broutée, elle l'a déjà été (plus ou moins bien, d'ailleurs), mais langue de velours dans l'obturateur, jamais encore. C'est une grande première.

Sachant combien il est déplaisant d'être interrompu durant une aussi délicate manœuvre, je prends place sur l'unique chaise du magasin. Décidément, il est en rut inassouvissable, Bérurier, ces temps-ci. Je me dis que c'est la pleine lune et que ça doit lui turgescer la membrane, lui mettre la folie en tête. Si ça continue, il va sauter sur les dames dans la rue, tel un clébard sur une chienne !

Le bruit de lapage, discret au début, s'accentue. Il met l'accent tonique, Alexandre-Benoît. Les coudes de la préparatrice s'écartent de plus en plus. Elle finit par poser sa joue sur le comptoir.

Et que voilà un livreur arbi qui radine avec une pile de cartons dans les bras.

— Salut, maâme Germaine !

Because son chargement, il voit pas que la personne part en brioche. Va déposer sa charge dans l'arrière-boutique. C'est en revenant qu'il avise mon pote en prière devant le magistral fessier tourmenté de vergetures. « Fluctuat nec vergetur ». Il stoppe, surpris.

Regarde avec intérêt. Puis, à moi :

— Qu'est-ce qui s'passe, m'siou ?

— Elle a eu un malaise, dis-je, le docteur Bérurier lui fait la respiration artificielle anale.

— C'est pas grave ?

— Non. Tout de suite après, il va probablement lui faire une componction lombaire et le
tour sera joué. Certes, elle aura de la peine à
marcher pendant quelques jours et elle devra
mettre un oreiller sur sa selle de vélomoteur,
sinon tout sera O.K.

— Ah ! bon, se réjouit cette belle et saine
nature.

— Vous êtes le garçon de course de
Mme Purgon ?

— Oui, m'siou.

— Vous pouvez me dire s'il y a souvent des
autobus pour Paris, depuis Vilain-le-Bel ?

— Oui, m'siou, y en a toutes les deux heures,
ou toutes les heures paires, au choix.

J'interroge ma tocante. Elle annonce 11 heures moins cinq. Rapide calcul mental. Maurice
Purgon a dû prendre le bus de 10 plombes.

— Le bus met combien de temps pour aller à
Paris ?

— Une heure vingt.

— La tête de ligne se trouve où ?

— Porte Maillot, m'siou.

Je vais téléphoner à Pinaud.

Il répond, Dieu soit loué (au prix fort !).

— Ta Rolls est disponible ? je demande.

— Elle m'attend devant chez moi, j'allais
partir déjeuner avec ma pédicure.

— Tu invites ta pédicure à bouffer, toi ?

— Chez *Lasserre*. Elle a vingt-huit ans et elle est blonde, se justifie-t-il.

— Tu auras du retard. Il faut que tu fonces Porte Maillot, au terminus des bus en provenance de Mantes. Dans une trentaine de minutes va descendre un vieillard dont voici le signalement.

Là, je le lui donne. Mais comme tu le sais déjà je te fastide pas avec une redite superflue.

— Tu as un chauffeur, n'est-ce pas ?

— Naturellement, assure le nouveau milliardaire.

— Tu lui demandes de bomber. Quand tu verras l'homme en question, il se nomme Maurice Purgon, tu lui balanceras une vanne quelconque, comme quoi c'est sa sœur qui t'a demandé de venir le chercher. Bref, tu l'embarqueras dans ta somptueuse calèche et tu le conduiras tout droit dans mon burlingue de la Grande Taule. S'il renaude, n'hésite pas à le menacer de ton feu : c'est un tueur, fais très gaffe.

— Sois tranquille. Et ma pédicure ?

— Tu me donneras son adresse, j'irai te la baiser quand j'aurai un moment ; si on ne s'entraidait pas, où irions-nous ! Grouille !

Je raccroche.

Le petit arbi livreur me touche l'épaule.

— M'siou, t'as vu ?

Il me désigne le couple du comptoir. Sa Majesté a changé d'exercice. Ayant préparé le terrain, il sodomise Germaine avec tact, apportant à la délicate opération une grâce dont je ne le croyais pas capable.

— Eh bien oui, mon garçon : je vous l'avais dit : componction lombaire.

— En somme, fait le coursier, c'est comme une enculade ?

— Ça y ressemble, admets-je.

Là-dessus, le ronfleur du tubophone retentit. Je décroche, pas perturber le « traitement » de Mme Letailleur. Et j'ai raison car c'est mon gonzier des écoutes qui carillonne.

— Je viens de vous entendre, commissaire, c'est pourquoi je me permets de vous appeler à ce numéro.

— A quel sujet ?

— L'autre numéro vient d'être utilisé. Je vous passe mon enregistrement ?

— Et comment !

Mise en train du convecteur morduré. La voix haltetante de Mme Purgon, pleine d'asthme et d'émotion :

— Allô ! L'hôtel du *Coq en Plâtre* à Houdan ?

— Oui, madame.

— Vous avez une chambre de retenue au nom de Maurice Purgon, n'est-ce pas ?

— Je vais voir. Oui, en effet. Mais M. Purgon n'est pas encore descendu chez nous.

— Je sais. Voulez-vous lui demander d'appeler sa sœur dès qu'il arrivera ? C'est très important.

— Nous lui ferons la commission, vous pouvez y compter.

— Merci.

On raccroche de part et d'autre.

— Parfait ! jubilé-je. Bravo pour cette initiative, vieux. Vous me dites votre nom que je vous mouille la compresse en haut lieu ?

— Adrien Poilard.

— C'est dans le marbre.

Un cri de trident (comme dit l'Hénorme). C'est Germaine qui a du mal à héberger la gloire de mon pote.

— Tu me déchires ! elle proteste.

— Occupe-toi pas d'ça, fillette, j't'raccommod'rai, halète cette locomotive haut son pied.

— Il est aussi chirurgien, m'siou ? s'inquiète le gentil livreur.

— Faculté de Montpellier, chef de service à Laennec. C'est lui l'inventeur de cette méthode.

— C'est intéressant, m'siou, reconnaît le porteur de potions magiques, mais franchement, je vous assure que c'est kif-kif une enculade ! Tu jurerais vraiment qu'il l'encule, je vous promets !

Je narre à Jérémie.

Il reste d'ébène. Juste son éteignoir de cierges qui palpite. Son pif, tu croirais un parachute sombre chahuté par des courants aériens.

Il finit par murmurer :

— Et il s'y rend comment, à Houdan, le coupeur de sexes ? En auto-stop ?

Silence. Mazurier ressort du troquet avec ses turlupins à rapière, s'essuyant les lèvres du dos de la main. Il déteste pas le blanc, mon confrère.

De plus en plus, je me sens baigner dans une vraie enquête villageoise. On tournique dans une grand-rue. On respire la bonne odeur de la province françouaise. Y a des bruits paisibles, des gens qui le sont davantage encore, des odeurs qui n'appartiennent qu'à des bourgs posés sur une grasse campagne. On trouve de la boue de betteraves écrasées sur l'asphalte ; des traces de roues de tracteur. Pour peu qu'on emprunte une ruelle transversale, très vite, après avoir longé quelques villas fleuries, elle débouche sur des vergers et des labours.

M. Blanc, je le trouve bizarroïde, aujourd'hui. Lointain. Comme si une partie de son être était restée dans son village, sur les bords du fleuve Sénégal. Les vacances l'ont replongé dans son élément noix de coco.

— Imagine, soupire-t-il.

— Quoi ?

— Ce type, le docteur assassin... Il a pris la place de sa frangine. Et puis tu débarques. Il comprend que ça sent le roussi. Il demande à la

pharmacienne de rentrer ; elle le fait plus rapidement que prévu. Elle le trouve enfermé dans
l'appartement. Le lui apprend. Alors, il décide
de ficher le camp. Et vite, car l'étau se resserre.

— Belle métaphore, coupé-je ; je t'en fais
compliment.

— Va te chier !

— Je suis ton supérieur !

— Va te chier quand même !

Il poursuit sa lente réflexion :

— Or, donc, il fuit. Il fuit sans utiliser sa
voiture, par prudence. Et cet homme prudent
va retenir une chambre dans une hôtellerie
réputée, comme n'importe quel bon bourgeois
en vacances ! Au moment où la traque
commence ! Et il y va de quelle manière, à
Houdan ? En taxi ? Tu crois qu'il y en a dans ce
bled ? En train ? Y a pas de gare ! En stop ? Ça
m'étonnerait. Pas toi ?

— Il y va avec la bagnole de sa sœurette,
monsieur Ducon. Car, bien qu'elle soit
miraude, elle conduit encore.

Ça lui coupe le souffle, à Blanc de blanc.

— Possible ! fait-il loyalement.

Je rerentre dans la pharmacie. Juste qu'une
petite fille vient acheter des pastilles Valda pour
la toux. La Germaine est en décarrade de fade.
Messire Superbraque amoniaqué la verge à
plein chapeau sous le regard fasciné du livreur
maghrébin. La fillette joint sa curiosité à la
sienne. C'est impressionnant. La banque trem-

ble avec son chargement interne de parfums, de tubes de rouge à lèvres, d'after-chèvre et de pulvérisateurs Elnett. Un vrai début de séisme. San Francisco ! Tokyo ! L'épicentre, elle l'a dans la moniche, Germaine, car le Mammouth lui a délaissé l'œil de bronze, trop endolori, pour rallier des voies plus classiques. La levrette, il a toujours raffolé, Béru. C'est plus bestial comme coït, donc plus proche de sa nature.

Il te lui mijote un superbe emplâtrage, le Tonitruant. Avec grandes claques des baloches sonnées en tocsin, agrippage au bassin de ses paluches musculeuses, invectives fouailleuses. Quel rude, superbe et formidable gaillard ! Il pourrait être masseur de beufs à Kobé, catcheur poids lourd aux U.S.A., jouer les menhirs dans un film sur la Gaule ! Impérial ! Le sacre du braquemart ! La dame Letailleur imaginait pas, affublée de son taximan ragoteur, qu'elle connaîtrait un jour pareille fête galante des sens !

Elle psalmodie, le visage dans ses coudes croisés :

— Oh ! la la ! Oh ! la la !

Je m'approche et lui tapote l'épaule.

— Mande pardon de vous perturber, simplement je voulais vous demander si Mme Purgon possède une auto ?

Elle relève sa face dévastée par l'intensité de la jouissance.

— Renault 5, fait-elle.

— Où la gare-t-elle ?

Béru se fâche.

— Tu vois pas que madame pâme ? Qu'é l'est su'l'point d'sortir son train d'atterrissage, bordel !

Mais, vaillante, la grosse sabrée murmure :

— Le box au coin de la rue, il reste ouvert toute la journée.

— Merci, et bonne continuation, fais-je en me retirant.

Au passage, je dis à la petite fille :

— Tu reviendras plus tard, mon ange, la pharmacienne est en train de se faire masser.

Effectivement, il y a un box à l'endroit indiqué et une petite Renault bleu métallisé s'y trouve, dont le pare-brise porte le caducée rouge.

Long regard triomphant de M. Blanc qui reste sur le trottoir, mains aux poches.

On retourne à ma guinde, sans échanger une broque. Abîmés dans des supposes toutes plus pernicieuses l'une que les autres.

— Et les zobs ? murmuré-je. Il en a fait quoi, le vieux sadique ? C'est une denrée périssable, non ? A force de les emmener promener, ils commencent à ne plus être très frais, non ?

Retour de Bérurier, satisfait. On dit qu'après l'amour l'animal est triste, mais lui, il est hilare.

On pourrait penser qu'il vient d'hériter une fortune de plusieurs millions de dollars.

— Dis-moi, Bite-d'airain, où est ta chignole ?

— Bédame, j'l'ai laissée au château où est-ce que j't'ai rejoint c'morninge.

— On va aller la récupérer et tu fileras à Houdan, hostellerie du *Coq en Plâtre*. Tu demanderas après Maurice Purgon, lequel a retenu une chambre dans cette réputée maison. S'il y est, tu le serres ; s'il n'y est pas, tu l'attends. Leur spécialité, c'est le feuilleté de ris de veau et le coq au vin.

— Banco ! exulte le Joyeux, je raffole les missions dangereuses !

Ça fait curieuse pension de famille, les trois loubards et ces dames, attablés sous la haute présidence du cousin Gonzague.

Ça jactait, mais notre venue les rend carpes. La police assagit les mœurs bien plus que la musique. Il n'est que de voir, sur les autoroutes, les frappadingues du volant bombant à outrance, la manière gentillette qu'ils lèvent le pied en apercevant deux motards à l'horizon. Se rangent sagement derrière les archers à moteur et les filochent gentiment, sans quitter de l'œil leurs blancs baudriers.

— Vous allez partager notre repas, messieurs, intervient Francine de Saint-Braque. Rajoutez deux couverts pour nos amis policiers ! Il y a au menu de la tomate-mozzarelle et du poulet chasseur.

Comme il fait faim, j'accepte. Moi, le côté : « Jamais pendant le service », je laisse ça aux chiasseux et aux hypocrites de ma profession. Le nombre de bouffements que j'ai pris, le nombre de coups de bite que j'ai tirés avec des personnes auxquelles, par la suite, j'ai passé les menottes, n'est plus répertoriable.

On s'installe donc.

La converse repart cahin-caha. Il est question de l'assassinat du docteur Pardevent.

Le cousin me demande si, d'après moi, l'auteur en serait l'assassin de Riton. Je réponds par un sourire et un haussement d'épaules.

Je me suis placé entre lui et Francine. Déjà, la frénétique a collé sa jambe contre la mienne.

Je me penche sur Gonzague.

— C'est intéressant, la philatélie, lui dis-je. Quand j'étais enfant, j'ai voulu commencer une collection de timbres. Ma mère m'a offert un album, malheureusement tous les timbres que j'achetais ou qu'on me donnait, je les fixais avec de la colle forte !

— Quelle horreur !

— N'est-ce pas ? Vous voyagez beaucoup ?

— Non, je travaille presque uniquement par courrier.

— Où étiez-vous, l'avant-dernière nuit ?

Il avait du blanc de poulet dans la clape et,

dès lors, ne parvient plus à l'avaler tellement l'émotion le rend filandreux.

— Buvez, conseillé-je, ça facilitera le passage.

Il boit un coup de bourgueil et, miracle, ça passe, comme promis.

— Alors, monsieur de Vatefaire ? insisté-je.

Les autres ne nous écoutent pas et ont repris leur petite converse.

— J'étais chez moi, rétroque le cousin Gonzague, bon zig.

— Nenni, mon cher.

Il est au supplice.

— En ce cas, je devais être chez des... heu... amis.

— Lesquels ?

Là, ça bloque mochement dans sa boîte à idées. Je sens qu'il désempare à tire-d'ailes et larigot. N'avait pas prévu que je le coincerais sur ce point délicat.

— Ecoutez, commissaire...

— Je ne fais que ça.

— Je pense que ma vie privée ne regarde que moi.

— Votre vie privée, certes, mais votre emploi du temps regarde la police lorsqu'un meurtre atroce est commis chez une de vos parentes où je vous trouve en débarquant. Alors, ces amis ?

— Non, non, il y a des choses qu'un gentleman...

— Voyons, Gonzague, mon biquet, ne laissez pas sous-entendre des choses qui ne sont pas. Vous n'avez pas de liaison, sinon avec votre main droite et parfois avec la gauche quand vous commettez le péché d'adultère.

Délaissant son embarras, je me sers de poulet chasseur. Exquis. La grosse cuistaude y tâte ! C'est doré, « saisi » comme il faut, avec un petit arrière-goût de vin blanc et de persil. Je bicherais bien mon pilon avec les doigts, mais dis, je suis dans la haute société, non ?

Et voilà tout à coup que je m'épate. J'adore me surprendre moi-même. Des trucs impulsifs qui me viennent sans que je les prémédite. Je chique les médiums.

— L'autre nuit, c'était la pleine lune, n'est-ce pas ?

Qu'est-ce qui a bien pu me pousser à balancer cette question (en anglais : *this question*), je peux me gratter le trou du luth pendant cent six ans, je pigerai jamais. Mon sub ? Même pas : mon ange gardien ! Mon lutin intime ! Moi, je pensais ardemment à cette excellente fricassée de poultock. Et puis voilà que je bombarde à l'improviste, à l'improvise, avec cette apostrophe saugrenue.

Mais alors, tu verrais l'effet qu'elle produit ! Il a beau être smart de partout, M. de Vatefaire. Elevé au Jockey-Club. Maniéré en diable, il glaviote sa bouchée étrangleuse dans sa serviette. Un instant je me dis qu'il va poursui-

vre sur sa lancée et aller carrément au refile.
Gerber sur la vénérable table la clape qui a
précédé et le bourgueil ! Les olives amuse-
gueules ! Son petit déje pas complètement
digéré. Des reliquats biliaires. Sa rate, son foie,
son gésier !

— Qu'avez-vous, Gonzague ! s'alarme Francine.

— Il s'est étranglé avec un os, fais-je.

Je tapote charitablement le dos étroit et
arrondi du cousin. Il a un profil de bouteille de
Perrier.

— Ça va passer ? je susurre charitablement.

— Oui, oui, halète le malheureux, en larmoyant.

Le calme revient. La converse repart. Mon
pote Jérémie est en train de se faire charger à
bloc par l'une des trois donzelles : la plus
vioque (encore hautement comestible, j'en
réponds : taille de guêpe, loloches convenables,
frime agréable, bouche salingue). Elle a drôlement envie de se le respirer, le Noirpiot. Les
Blacks, ça leur porte à l'imaginance, ces dames !
Elles savent qu'ils sont bien chibrés et qu'ils
liment pendant des plombes à la langoureuse,
sur Epéda multisoupirs. Elle est où, la main
droite de cette Ninette ? Je la vois plus. Tu veux
parier qu'elle lui torticole le chauve à col roulé
sous la nappe ? Il paraît tout chose, mon pote.
Pensif. Il rutile des roustons, je gage ! Elles sont
tellement expertes, ces dévoreuses.

— Je vous parlais de la pleine lune, cousin, réattaqué-je.

Le voilà engoncé dans sa gêne. Son grand cou télescopique rentré au max dans son col de limouille (1) façon tortue craintive.

— Pourquoi me parlez-vous de la pleine lune, commissaire ? balbutie mon pauvre voisin d'étable.

— Je suppose qu'elle revêt pour vous une importance particulière, Gonzague. Vos pratiques, en tout cas, m'inclinent à le penser. Chez qui étiez-vous, l'avant-dernière nuit ? Il va falloir me le dire, mon bon, sinon je serai contraint de vous emmener dans mon bureau du Quai où l'on est orfèvre en matière d'interrogatoire. Les couloirs sont pleins de journalistes aux aguets. Vous aimeriez vous voir à la une des journaux ou aux infos du soir sur votre chaîne favorite ? Un de Vatefaire ! Ça l'afficherait mal ! (2)

Il ne mange plus. Du bout de sa fourchette

---

(1) Limouille signifie chemise, je signale. L'autre soir, chez des amis, une connasse de merde me dit : « Je ne peux pas lire vos livres. Pourquoi employez-vous des mots que je ne comprends pas ? » Et je lui ai répondu : « Pour qu'il y ait seulement six cent mille lecteurs qui les comprennent, je tiens à cette intimité. »

(2) Quand je lui dis « ça l'afficherait mal », il ne s'aperçoit pas du jeu de mot, c'est juste un clin d'œil pour toi, tu comprends ? Sympa, non ?

désemparée, il picore ce qui subsiste de mets
dans son assiette.

— Chacun sa philosophie et ses croyances,
chacun sa religion, murmure-t-il.

— Entièrement d'accord, l'encouragé-je ; là
je vous reçois cinq sur cinq.

— J'appartiens à une...

— Secte ?

— Si vous voulez ; une secte, donc, qui a ses
rites. Rassurez-vous, ils n'ont rien de répréhen-
sible. La nuit dont vous parlez, quelques-uns
de mes frères, enfin, de mes... heu... compagnons et moi-même, étions dans les bois de
Saint-Cucufa où nous avons dévolu à notre
culte. Certains soirs de pleine lune sont pro-
pices aux requêtes. Avant-hier en était un.
Notre cérémonie dure la nuit entière pour ne
cesser qu'à l'aurore. Cela fait, nous allons
consommer un petit en-cas revigorant chez l'un
de nous.

— En l'occurrence, c'était chez qui, Gonzague ?

— Est-il vraiment indispensable que je le
précise ?

— Tout à fait indispensable. Rassurez-vous,
le ou les personnes que vous m'indiquerez
seront questionnées avec tact et il n'est pas
question de leur causer la moindre tracasserie.
Dès qu'elles nous auront confirmé votre alibi,
nous les oublierons.

Je le regarde droit aux yeux. Il réalise que je

ne le berlure pas. En soupirant, il tire un
agenda Hermès de sa fouille et écrit quelques
lignes sur une page périmée qu'il déchire
ensuite et me tend.

— Jérémie ! appelé-je.

Le Négus me toise depuis sa place. S'il n'était
pas noir comme un appareil-photo, il serait
rouge, vu qu'il est complètement entrepris par
sa compagne de bouffe.

— Quand madame t'aura lâché le zifolo
farceur, referme ta braguette subrepticement et
viens ici ! crié-je.

Honteux, il se pointe. Je lui tends le papelard.

— Tu fonces à cette adresse. Tu expliques
qui tu es. Tu demandes à la personne en
question si M. Gonzague de Vatefaire était avec
elle, l'avant-dernière nuit ; si oui, où se trou-
vaient-ils et ce qu'ils faisaient. En cas d'ergo-
tage, sois ferme sur les prix. J'attends de tes
nouvelles par téléphone.

— Je n'ai pas de voiture, plaide le tout *black*.

— Prends la mienne.

— Ta Maserati ! abasourdit-il.

— C'est une auto, non ?

— Bon.

Il s'arrête.

— Est-ce que tu me permettrais de...

Il ose pas préciser, mais j'ai pigé.

— D'emmener madame là-bas avec toi ?
Banco, fils. Mais lime-la seulement après

m'avoir téléphoné le résultat de ta visite. Et fais gaffe : en cours de route elle va te papouiller le décolleté austral, songe que tu pilotes une caisse bourrée de chevaux piaffeurs !

Il contourne la tablée pour aller chuchoter sa propose à l'oreille de la dame. Pas si vertueux que ça, le Négro, quand une salope l'entreprend sérieusement.

— Ne me dites pas qu'il arrête Agnès ? me demande Francine en les voyant sortir.

— Il s'en garderait bien ! la rassuré-je. Elle est en trop bon chemin pour être arrêtée.

Puis, au cousin :

— Il est bien évident qu'en attendant l'appel de mon collaborateur, vous ne donnez aucun coup de fil, ni ne parlez à personne ! Disons qu'on ne se quitte plus. Soyez gentil, Gonzague, passez-moi le plat !

BAVARDAGES
EN ATTENDANT LE THÉ

— Comment as-tu su que je déjeunais chez *Lasserre?* s'étonne Pinaud.

— Tu n'as pas dû prendre tes granulés pour la mémoire ce matin, César : c'est toi qui me l'as dit ! Ça marche avec ta petite pédicure ?

— Un charme ! Elle est tellement gentille que je vais lui acheter une voiture. Elle aimerait un cabriolet décapotable, que me conseilles-tu ?

— D'aller te faire mâcher par une vraie pute, vieux. Tu lui allongeras un bifton de cinq cents points et tu seras quitte, tandis qu'avec ta pédoche, tu t'embarques dans des liaisons vraiment dangereuses à ton âge. Alors, mon Purgon ?

— Il ne se trouvait pas dans le bus en provenance de Mantes.

— Tu es bien sûr ?

— J'ai regardé sortir les voyageurs un à un ; ils étaient au reste fort peu nombreux : pas le moindre vieillard mâle ou femelle.

— Tant pis. Tu as pris la truffe en croûte, chez *Lasserre* ?

— Pas moi : Mauricette.

Je le largue, maussade. Maussade et pourtant avec une confuse exaltation tout au fond de moi. Une espèce de jubilation rentrée.

Etrange, l'individu. Etre pensant perturbe la vie. C'est comme un feu volcanique qui couve, toujours prêt à éruptionner. Non seulement tu es tourmenté par des idées, mais tu l'es également par des pressentiments, des instincts, des impressions, des pulsions.

Là, je bute sur quelque chose. Mais quoi ? Qu'existe-t-il de commun entre la pharmacie et le château ? La mort ! Le meurtre ! Cette affaire a été révélée par le château. C'est Miss de Saint-Braque qui s'est pointée dans mon bureau avec l'un de ses protégés pour lui faire raconter son histoire de queues sous cellophane dans le réfrigérateur de la pharmacie. Donc, elle est hors de cause puisqu'elle a délibérément levé le lièvre !

Le cousin Gonzague qui joue le jeu et ne me quitte pas d'une semelle, observe :

— Vous paraissez très perplexe, commissaire.

On chemine par les allées mal entretenues du parc. Inconsciemment je me dirige vers le labyrinthe en friche. Les feuilles mortes crissent sous nos pas. Des oiseaux au vol lourd changent de branche en lançant un cri d'automne. Dans des massifs bouffés par la mauvaise herbe, quelques rosiers s'obstinent à donner des fleurs tardives. « Une rose d'automne est plus qu'une autre exquisse... »

La propriété est une propriété d'automne, en lente agonie. Après « Mademoiselle » qui défuntera sans laisser d'enfant, elle sera vendue. Un promoteur immobilier se jettera dessus, la rasera et bâtira sur l'emplacement un lotissement de grand standinge.

— Je ne suis pas à proprement parler « perplexe », réponds-je enfin. Méditatif serait plus juste.

Chose curieuse, il cesse lentement de m'être antipathique, de Vatefaire, et cependant, c'est un maboule, COMME TOUS LES AUTRES.

Je sursaute.

Là est la jonction. C'est une histoire de fous (au pluriel). Tout au moins une affaire concernant des gens qui font des couacs dans leur petite tête. Le docteur Purgon est fou à lier, fou à étouffer entre deux matelas, comme, au Moyen Age, les gens atteints de la rage. Sa frangine l'est aussi, qui admet ses actes de « justicier ». Francine de Saint-Braque ne donne pas non plus sa part aux chiens en se faisant sauter comme une folle par de jeunes taulards libérés ; et ses potesses sont à l'unisson. Gonzague de Vatefaire ferme le cortège en pratiquant sa religion mystérieuse et en allant jouer les druides au clair de pleine lune, dans les bois de Saint-Cucufa. En somme, y a que les voyous qui soient sains d'esprit. Eux, ils profitent de l'aubaine. Ils ont la bouffe, le gîte et la surbaise assurés. La vie de château, quoi ! L'aubaine ! Ah ! les Saint-Braque ! Une belle lignée de franches salopes dans cette famille, avec la grand-mère qui branlait les blessés de 14-18, maman qui se faisait caramboler dans l'enfer indochinois, et la fifille de fin de section qui a transformé la demeure ancestrale en bordel pour prisonniers libérés. Réinsertion ! Tu parles ! Dans ses miches, oui !

Voilà que je passe familièrement mon bras sous celui de Gonzague. Tu dirais deux Italiens déambulant sur la via Veneto en fin de journée.

— Gonzague, votre « messe » noire de la pleine lune est destinée aux « requêtes », m'avez-vous dit ?

— Chacun sa foi, s'excuse le nobliau.

— Bien sûr. Je ne voudrais pas violer votre vie spirituelle, mais quel genre de chose implorez-vous du Seigneur ou du Malin ?

— Vous franchissez là, commissaire, les limites sacrées de...

— Je sais. Je vous demande pardon. Je n'agis pas par curiosité mais parce que votre réponse serait, je le subodore, un élément positif. Tenez, on fait un compromis. Dites-moi simplement, en votre âme et conscience, si vous avez été exaucé.

On continue de marcher en silence. J'ai senti

se tendre ses muscles. Nous voilà à l'entrée du labyrinthe. On perçoit comme un fourmillement : des mammifères (lapins, rats, mulots ?) se terrent dans l'épaisseur des buis à notre approche.

— Vous refusez de me répondre ?

Alors il s'arrête, se dégage de mon étreinte et murmure gravement :

— Dans un sens, oui.

— Merci.

On continue d'avancer, mais cette fois il reste derrière moi. Je me rends sur le lieu du crime. Plus la moindre trace. La pluie de la dernière nuit a fait se redresser l'herbe. Elle a lavé le sang qui la souillait. La nature, tu peux compter sur elle pour effacer les saloperies des hommes. Même les plus cruels champs de bataille redeviennent des terres à blé !

Je songe à ce tube de rouge à lèvres découvert ici même par Béru... Il me revient à l'esprit. Je l'ai encore en poche. Je le sors pour l'examiner à l'endroit où il fut trouvé. Et un détail me saute aux yeux : il est neuf. N'a jamais servi ! L'une de ces « dames pouffiasses » possède certes le même, mais il s'agit d'une marque très courante. J'ai d'ailleurs aperçu le pareil, récemment, dans un coffret, avec du fard à joue et un petit pinceau... Sur un présentoir ou dans une vitrine. Oui, dans une vitrine ! Je remets le capuchon du tube, le glisse dans ma fouille. Je me sens tout cradingue, c'est

dur de ne pas se laver après une nuit blanche.
Besoin d'un bon grand bain, et aussi de changer
de linge.

Un des loubars s'amène dans le parc en
criant :

— Commissaire ! Téléphone !

— Rentrons ! dis-je à Gonzague.

On se fait un petit canter, côte à côte, pareils
aux glandus qui secouent leurs culs dans le bois
de Boulogne.

Il fait déjà frais pour la saison car notre
respiration forme un léger panache de buée.

— Je sais ce que vous avez demandé à
l'Esprit Saint ou Malin, l'autre nuit, Gonzague.

Il continue de trotter. On dirait un bourrin
maigre qui court à son avoine.

— Ça concerne votre cousine Francine,
n'est-ce pas ?

Il cavale toujours, coudes au corps, la tête
droite, le regard perdu sur la ligne bleue du toit
d'ardoise.

— Vous réprouvez sa vie de pétasse, dis-je.
Elle vous fait horreur. Vous êtes un homme
vertueux. Elle déshonore votre famille par ses
frasques de cocotte en chaleur. Votre existence
en est gâchée. Vous implorez un châtiment
pour elle. « Salope de tueuse ! » Le joli message
était de vous.

Il se laisse glisser en queue de peloton pour
échapper à mon interrogatoire si bizarrement
mené. J'escalade le perron.

C'est Jérémie. Il me confirme l'alibi du cousin. Il a bel et bien joué les elfes dans les bois de Saint-Cucufa.

— Tu as besoin de moi tout de suite ? s'inquiète-t-il.

— Non, tu peux rester à Paris.

— Mais ta voiture ?

Le cousin ne refusera sûrement pas de me servir de chauffeur.

Un temps. Je le sens gêné, puis il plonge :

— Agnès aussi peut s'attarder ici ?

— Prends ton temps, mais chausse ton zob d'une capote, ces gueuses sont si dévergondées que je ne voudrais pas te voir ramasser une saloperie ; les culs les plus distingués peuvent véhiculer le sida ou la vérole !

— Comme tu y vas !

— Pense à Ramadé !

— T'es chié ! C'est toi qui me prêches la vertu ! Un libertin de ton espèce !

— Justement, ma parole n'en a que plus de prix. Et puis, d'ailleurs, je ne suis pas un libertin, tête de nègre, mais un Gaulois. Un Gaulois paillard, un Gaulois baiseur, j'admets. Pourtant il n'y a rien de vicelard en moi.

Il ricane :

— C'est tes mémoires que tu prépares, grand chef ? Ton testament spirituel ?

— Elle est bien salopiote, l'Agnès ? coupé-je.

— Un don ! Ces femmes sont des surdouées de l'amour.

Le cousin est resté à distance.

— La surveillance est levée, lui dis-je : vous pouvez faire ce que bon vous semble. Dites-moi, cher Gonzague, vos fameuses requêtes de la pleine lune paraissent être entendues et exaucées. La cousine Francine vit une sale histoire qui peut fort bien infléchir sa vie dissolue.

Tout en parlant, je compulse l'annuaire pour trouver le bigophone de l'hostellerie du *Coq en Plâtre* de Houdan. J'obtiens le Gros. Il a la bouche pleine et son élocution donne à penser qu'il a forcé sur les boissons fermentées.

— *Not news of* Purgon ! me déclare-t-il en un anglais irréprochable, sans doute parce que des oreilles aubergistes traînent dans son voisinage. Par contre, j'peux t'dire que l'omelette norvégienne est catégorique ! Charogne, j'm'en ai fait r'faire une deuxième. Et d'ton côté, quoi d'nouveau, Poussy Cat ?

— Ça baigne.

— Bravo ! J'attends encore longtemps ?

— Jusqu'à ce soir par acquit de conscience.

— Si j'pouvrais passer la noye ici ça m'arrang'rait. Y a un'serveuse rousse, Solange, qu'j't'en cause pas. Dodue, un cul de couturière et des nichons qui t'évitent de t'servir d'oreiller. J'en peux plus d'elle ! Elle boite, biscotte son pied bot et elle a un œil qui tourne, mais un' fois à l'horizontale, av'c ma joue cont' la sienne, j'm'en accommode.

— Reste le temps que tu voudras, soupiré-je.

Cette autorisation arrachée sans combattre l'inquiète.

— Dis-moi pas qu't'as plus b'soin de moi, Sana ! éplore l'Enflure.

— Ecoute, Gros, sentencié-je, je sais bien que tu as toujours été porté sur la fesse, mais depuis deux jours tu ne fais plus que ça. Dès qu'on s'approche d'une frangine, tu largues tout pour lui sauter dessus ! Ça tourne à l'obsession, chez toi, mec. T'as la maladie du taureau, après avoir eu celle du bœuf ! Alors lime, lime, mon Gros, et que Dieu t'emplisse les burnes !

Je raccroche.

— Cousin, cela vous contrarierait-il de me conduire jusqu'à Vilain-le-Bel : je suis sans moyen de locomotion.

— Avec plaisir.

Il me crache à la pharmacie, comme je le lui ai demandé.

— Dois-je vous attendre ? s'informe-t-il civilement.

— Inutile, Gonzague, car j'ignore le temps que je vais passer ici. Mais j'ai des bus pour me rapatrier, merci.

Il semble indécis.

— Vraiment, je peux rentrer chez moi, commissaire ?

— Tout à fait. Après tout, on n'a à vous reprocher qu'un bris de verre et une double insulte à votre parente. Ce sont là des choses vénielles.

Je lui adresse un geste bénisseur et pénètre dans le magasin. Mme Lecolombier, la femme du maire, discute avec Germaine de « l'assassinat » du docteur Pardevent. Elle est venue acheter un paquet de Tampax, bien que sa méno soit consommée depuis lurette. Mais c'est une personne coquette, qui aime faire accroire. Elle propose ensuite ses emplettes à sa bonne portugaise en prenant un léger bénéfice.

La grosse préparatrice rougit en m'apercevant. Il faut dire que je l'ai vue dans des postures qui n'ajoutaient rien à son standing, non plus qu'à celui de son époux.

— Mme Purgon n'est pas là ? lui demandé-je.

— Elle vient de remonter à l'appartement.

C'est ça, leur petite vie, en temps normal. La vieillarde *descend* au magasin puis *remonte* à l'appartement. Lent va-et-vient qui rythme leur vie à toutes deux. Lorsqu'il y a presse, Germaine Letailleur actionne un timbre pour prévenir la patronne d'arriver à la rescousse. A quatre heures, la mère Purgon doit préparer du thé, j'en mettrais ta bite à couper. Elle le descend à la pharmacie pour le prendre avec son employée. Lorsque le docteur assassin a pris la place de sa jumelle, s'est-il plié à ces petites habitudes ? Probablement que oui. Il a eu le temps de les observer lors de ses séjours à Vilain-le-Bel.

Je grimpe à l'étage. Toc, toc !

— Qui est là ? fait la grand-mère.

Que lui répondre ? Que c'est le Petit Chaperon rouge ou bien le Grand Méchant loup ? Ce sera à elle de décider.

— Le commissaire San-Antonio ! lancé-je.

Elle m'ouvre. Son regard éclaté par l'épaisseur des verres de lunettes semble avoir été peint par Picasso. Elle pue de plus en plus le rance, l'urine, l'éther, les chats.

— On peut bavarder encore un peu, madame Purgon ?

Là, elle est à la limite de la politesse. Me fait comprendre par son expression figée, hostile, que je commence à lui pomper l'air, voire à la faire chier. Les vioques, à un moment donné, elles raffolent qu'on leur foute la paix. Elles ont besoin de s'écouter vieillir dans la sérénité grisâtre de leurs pauvres habitudes.

Tout de même, en dame bien éduquée, elle me précède au salon.

Et tu sais quoi ? Non, sans charre, comme quoi il est bien branché sur le divinatoire, ton Antoine, *baby !* Elle dit :

— J'étais à préparer le thé, vous en voulez une tasse ?

Manière d'entrer dans ses bonnes grâces et bien qu'abhorrant cet insipide breuvage, je réponds « qu'extrêmement volontiers, c'est très gentil à vous, merci ».

Elle s'affaire dans la cuisine, devant sa cuisinière électrique.

— Vous aviez besoin de quelque chose ? s'informe-t-elle.

— Non, de quelqu'un.

— De qui ?

— Toujours pareil : de votre frère.

— Je vous ai dit qu'il était parti !

— Il n'a pas pris sa voiture, non plus que la vôtre. Il n'a pas pris le bus. Il n'est pas parvenu à Houdan où il avait retenu une chambre…

Elle s'avance, aigrelette :

— Comment le savez-vous ? Mon téléphone est sur écoute ?

Au lieu de répondre, je soupire :

— Il n'a pu que faire du stop. Mais j'imagine mal un médecin militaire, portant une sacoche pleine de sexes, en train de brandir son pouce dans la rue du village. Cela dit, tout est possible. Pourtant, il m'est venu une autre idée, madame Purgon.

— Vous le prenez fort ou léger ? coupe la pharmagote.

— Comme vous ! Je vous disais que j'entrevoyais une autre hypothèse, madame Purgon.

— Lait ou citron ?

— Citron. Vous savez à quoi j'ai pensé ?

— Combien de sucre, monsieur le policier ?

Je me retiens de lui répondre « le plus

possible », car cela m'aiderait à avaler son breuvage britannique. Pour moi, le thé, c'est du foin sur lequel on a pissé.

— Deux, s'il vous plaît ! Je me suis dit, madame Purgon que, si votre frère Maurice n'a pas pris sa voiture, ni la vôtre, ni le bus, c'est tout simplement parce qu'il n'est pas parti. C.Q.F.D. ! Je suis prêt à parier qu'il a pris le parti le plus sage : celui de se terrer sur place. Se sachant démasqué et bientôt traqué, il a compris qu'il n'irait pas loin. Pensant que ce téléphone était sur écoute, il a retenu une chambre dans une hostellerie et vous a priée d'y téléphoner plus tard, cela afin d'accréditer l'idée de son départ. Mais il est toujours à Vilain-le-Bel, ma chère dame. Et vous allez me dire où. Vous devez bien avoir un grenier, une cave, un quelconque entrepôt où stocker des marchandises ? Ne me dites pas le contraire : j'ai eu des amis pharmaciens, je sais de quelle manière fonctionne votre commerce. Il y a des caisses en réserve, des bonbonnes, que sais-je. Toutes choses plus ou moins volumineuses nécessitant une resserre. Vous voulez parier avec moi que Maurice s'y trouve ? Il y attend des jours meilleurs. Il y attend l'oubli ! Ce grand allié de l'humain : l'oubli ! Alors, vous savez ce que nous allons faire ? On va boire le thé gentiment. Ensuite vous me conduirez à lui et lui direz d'ouvrir la porte. A quoi bon livrer un siège ? Dites-vous bien qu'il ne risque pas grand-chose. Son avocat plaidera la démence, si tant est qu'il soit déféré devant une cour d'assises. Il terminera paisiblement sa vie dans une maison de repos où vous lui assurerez un maximum de confort.

Elle n'a pas dit un mot. M'apporte, sur un mignon plateau d'argent, ma tasse de thé, la petite cuiller et un biscuit. Ce biscuit m'émeut. Je ne sais pas, pourquoi. Un biscuit, avec tout ce qui se passe. Dérisoire ! Tu comprends ça, toi ?

LES ROUSTONS DE RITON

— Vous n'aimez pas mon thé ? demande l'aimable et inconsciente vieillounette.

Comment lui expliquer, tasse en main, que ce n'est pas *son* thé que je déteste, mais *le* thé tout court. Je m'abstiens à cause de la jolie petite cuiller d'argent et surtout à cause de l'émouvant biscuit.

Curieux instant. Je viens cueillir son frère meurtrier lequel — j'en suis convaincu maintenant — se terre à quelques mètres de là et, au lieu de me précipiter sur le violeuricide, je feins de déguster l'eau chaude que me propose sa sœur.

— Il est délicieux, mens-je en soufflant sur ma tasse brûlante.

— Je fais moi-même ces biscuits, dit-elle. Ce sont des sablés légèrement parfumés à l'anis, ils accompagnent très bien le thé.

J'y goûte : pas mal. Goût poupette. Et puis c'est con, un biscuit ; le parent pauvre du gâteau. Ensuite je plonge mon pif dans le breuvage. Autant s'enquiller la tisane d'un coup. Lorsque, jadis, m'man me flinguait les entrailles à l'huile de ricin, je perdais pas mon sens gustatif à jouer les tâte-vin, j'avalais l'infection d'un coup sec, après quoi je me précipitais sur le cacao onctueux dont elle la faisait suivre.

Là, je gloupe le contenu de la tasse et clape le biscuit. Ouf ! Mission remplie !

— Et maintenant, chère madame Purgon, si on causait ?

Elle est comme absente, le regard perdu dans le liquide ambré qui fume au bout de ses doigts arrondis.

— Pardon ? murmure-t-elle d'un ton lointain.

— Si nous revenions à nos préoccupations ? fis-je.

Elle me regarde. Je suis frappé par le brusque éclat de ses prunelles. Des yeux bizarres. Des yeux « de flagrant délit ». Pourquoi cette expression me vient-elle ? De flagrant délit.

— Vous savez, madame Purgon...

Je me tais. Zébré ! Fouaillé ! Court-juté ! L'étau. Impossible de respirer ! Je vois trouble. Presque double ! Un immense cri de terreur naît en moi, dans mon ventre, qui ne parvient pas à grimper jusqu'à ma bouche, ni même à mes cordes vocales.

Et le regard intense, le regard fou de

Mme Purgon est pareil à l'océan. Il se précipite sur moi. Me submerge.

« Oh ! mon Dieu ! me dis-je, tu as commis la faute de ta vie, Antoine, en acceptant cette tasse de thé ! Ce n'est pas Anne-Marie Purgon qui est en face de toi, mais Maurice Purgon. C'est le fou. Le tueur ! Le découilleur ! » Et, dans mes limbes infinis, retentit un air d'accordéon fameux : *Le Dénicheur*. Je le chante avec d'autres paroles : « On l'appelle le découilleur »... Con de Sana ! Con de Sana ! Con de Sana...

Ad libitum.

Amen.

Je presse mes mains sur mon thorax. Elles retombent.

Tout s'écroule, s'obscurcit. Juste je distingue dans un halo pourpre la fausse Mme Purgon qui retrousse sa blouse blanche et cueille dans une poche de sa jupe un rasoir à manche de nacre avec des incrustations dorées. Elle l'ouvre. La lame en est très étroite et très affilée.

Je...

Non, rien ! Noir total.

— Respirez ! Respirez fort !

Mes poumons, je vais te dire, c'est comme un sac en papier froissé dans lequel on se met à souffler. Il se gonfle un peu, seulement il est crevé et l'air repart. Il en faut beaucoup pour compenser la fuite.

— Je vais lui faire une autre piqûre ! fait une voix féminine qu'il me semble avoir déjà entendue ; je prends le risque.

Le contact froid d'un tampon imbibé d'alcool dans la pliure de mon bras. Une aiguille rampe sur ma veine, s'y plante doucement. Je perçois l'injection du liquide. Ou bien est-ce l'effet de ma prodigieuse imagination ?

— Mettez-lui un oreiller sous la tête !

Un instant passe. Je plane dans une nuit noire, sans étoiles. Quelqu'un soulève ma tête. Un volume moelleux s'insère sous ma nuque. Le trou du sac a dû être colmaté car l'oxygène qui m'est dispensé par un masque se met à les gonfler pour de bon.

Une idée s'épanouit doucement partout dans ma tronche et mon corps, comme si je réfléchissais aussi avec ma viande usuelle.

Cette pensée, c'est « je vis ».

De bonheur, je parviens à ouvrir les yeux. Ce qui me permet de retrouver le salon tristounet de la mère Purgon. Deux personnages sont agenouillés de mon part et d'autre, tels le bœuf et l'âne du petit Jésus. Il y a là Germaine, la préparatrice, et le cousin Gonzague.

Germaine Letailleur tient encore sa seringue d'une main et, comme l'aurait écrit Ponson du Sérail, me surveille de l'autre.

— Ça va mieux ? chuchote la brave femme.

Elle visionne autre chose que mon visage. Je baisse les yeux et je m'aperçois que je suis

déculotté et que ça saigne autour de mon zob.
Je pige que le fou allait me saccager Popaul.
Déjà, il avait commencé de m'entailler le bas-
bide.

— Nous sommes arrivés à temps ! dit Gonzague de Vatefaire. Vous avez eu une sacrée
chance, commissaire. Rien de grave : une
entaille.

Réalisant que je suis en état de tout comprendre il raconte :

— Figurez-vous qu'au bout de quelques kilomètres, je me suis aperçu que vous aviez oublié
un petit paquet dans ma voiture. Vous l'aviez
déposé à vos pieds sous le tableau de bord et il a
glissé dans un virage. Vous voyez de quel
paquet je parle ? Un sac de plastique dans
lequel vous avez placé une chose heu... plutôt
abominable trouvée chez ma cousine. Ça y est ?
Bon. Vous pensez bien que, peu soucieux de
conserver « ÇA » par-devers moi, je me suis
empressé de rebrousser chemin. Je suis donc
revenu à la pharmacie et j'ai demandé après
vous. Madame (il me désigne Germaine) m'a
dit de monter à l'appartement. J'ai frappé, mais
ça n'a pas répondu. Je suis redescendu et
madame (re-Germaine) est alors montée avec
moi, elle a appelé. La vieille est venue ouvrir.
Une vision de cauchemar. Des yeux de folle.
Les mains sanglantes ! Je ne suis précipité dans
son logement et je vous ai trouvé là où vous
êtes : inanimé, le pantalon baissé avec une

entaille au pubis... C'est alors que la vieille femme a poussé un cri sauvage et s'est ruée sur nous en brandissant un rasoir. Dieu merci, j'ai beaucoup pratiqué le karaté pour vaincre ma timidité. En deux solides manchettes je l'ai neutralisée.

— Où est-elle ? exhalé-je.

— Dans la chambre, avec sa sœur jumelle qu'elle a chloroformée et ligotée, puis poussée sous le lit. Rassurez-vous, j'ai également attaché cette vieille folle.

— Merci..., cousin, balbutié-je.

Dire que je pouvais pas le souder, ce gus ! Et voilà qu'il me sauve la vie. Grâce à Riton, si tu réfléchis bien. La somme de hasards qu'il aura fallu pour que se produise le retour de Vatefaire !

Si je n'étais pas retourné au château la veille. Si Francine ne m'avait pas aguiché et entraîné dans sa chambre ! Si elle n'avait pas glissé la main sous son traversin ! Si je m'étais débarrassé plus tôt du relief humain ! Si je n'avais pas prêté ma Maserati à M. Blanc ! Si j'avais commandé un taxi au lieu de me faire piloter par le cousin ! Si je n'avais pas oublié le sac dans sa tire ! S'il ne l'avait retrouvé que plus tard. Tout ça... Un enchevêtrement d'instants, de faits, de hasards, de gens.

— On va appeler une ambulance pour vous faire conduire à l'hôpital, déclara Germaine. Heureusement qu'il a laissé le flacon du produit que vous avez absorbé à la cuisine et que nous l'avons repéré. Du gardéno-pantéola-fissuré ! Vous pensez ! A base de curare ! Si l'on n'administre pas son antidote dans le quart d'heure qui suit, il n'y a plus rien à faire. Votre salut s'est joué sur une poignée de minutes ! Heureusement que j'avais du privaton-filoché 18 à la pharmacie.

— Merci, ma bonne Germaine. Pas d'ambulance ni d'hosto, je vais remonter le coup tout seul.

— Pas question ! tonitrue la gaillarde. Mon devoir...

— Ton devoir est de ne pas te faire enfiler comme une vache par un flic surmembré, la Grosse ! Qu'est-ce qu'il dirait, ton taximan s'il apprenait la chose ?

Là, je suis carrément dégeu, je le sais. Paraît que ce sont les effets secondaires du gardéno-pantéola-fissuré. C'est un produit qui rend irascible. Elle explique ça au cousin. En tout cas, elle s'abstient d'alerter les ambulanciers et c'est tout ce que je demande. Je pense à Félicie, comme toujours après une rude alerte.

— Tiens ! tu es encore dans nos murs ! ricane le commissaire Mazurier en me voyant sortir de l'immeuble au côté de Maurice Purgon, menottes aux poignets.

— Plus pour longtemps, promets-je.

— Qui est cette vieille dame que tu emballes ?

— Un vieux monsieur.

— Travelo ?

— Pas par vocation. Il a pris l'identité de sa sœur jumelle pour essayer de se planquer, allant même jusqu'à molester cette dernière qui commençait à renâcler.

— Qu'est-ce que tu lui reproches ?

— Une douzaine de meurtres suivis de mutilations. Regarde !

Je dépose sur le trottoir un caisson frigorifique découvert dans la cave de dame Purgon où le dingue conservait sa collection de pafs.

— Ouvre !

Il.

— Nom de Dieu ! balbutie mon (extrêmement) confrère.

— Si tu veux aller à la pêche aux écrevisses, pioche dedans, invité-je avec ce cynisme outrancier qui tant fait glapir les cons. T'attaches ça dans les balances et c'est la ruée à reculons des décapodes !

Je referme le caisson.

— Ah ! que je te dise encore, grand : tu peux stopper ton enquête sur le meurtre du docteur Pardevent ; c'est également monsieur qui en est l'auteur !

— Co... comment ?

— Tu liras tout ça dans les journaux, Mazuroche. Il a avoué sans difficulté. Au début, cet homme agissait dans un esprit de justice pour venger les mémoires de sa mère et de sa jeune sœur qui furent violées et massacrées en Afrique, autrefois. Mais le danger l'a incité à une extension de son « œuvre ». Maintenant, il tue tout ce qui constitue une menace pour sa sécurité. Chose impensable, il serait arrivé à tuer même sa jumelle s'il avait eu du temps devant lui.

Il hébète, Mazurier. La jalousie est une mère constituée par une accumulation d'acétobacters, et qui change le vin en vinaigre. Ma réussite transforme le tempérament de Mazurier en vinaigre. Il me hait d'urgence, fiévreusement. Aimerait pouvoir m'arracher les yeux et enfoncer chacun de mes testicules dans les cavités après avoir préalablement craché dedans. Ensuite, me pisser contre. Et sans doute des tas d'autres trucs moins recommandables.

Il risque :

— C'est bien sûr qu'il a buté la doctoresse ?

— Demande-lui.

Il se tourne vers Maurice Purgon. Ce dernier ressemble à un pigeon malade, engoncé dans son jabot.

— Avec quoi l'avez-vous tuée ? aboie-t-il.

Et l'autre :

— Mon vieux revolver de l'armée.

Touché ! L'apôtre rembrunit monstrement. Il soupire à fendre une paire de fesses, vaincu.

— Je t'avais prévenu, fais-je sans pitié !
Allez, tchao, Sherlock !

Je pousse Maurice à l'arrière de la voiture du
cousin, lequel continue de me taxifier à l'œil.

Il fait noye lorsque je me pointe au château.
J'ai récupéré ma Maserati et je ramène dame
Agnès après que M. Blanc en ait usé et abusé. Il
a dû la régaler foutralement, Bamboula Ier, car
elle paraît épuisée. Ne s'est même pas refardée.
Elle a tellement de cernes sous les châsses que
ça fait comme une pierre jetée dans l'eau calme
d'un étang. Des cercles, et puis d'autres et
d'autres encore, à l'infini.

Assise à mon côté, elle ne risque même pas
une main tombée sur ma braguette, laquelle
constitue un important centre d'hébergement.
Comment qu'il l'a essorée, mon pote ! Déclave-
tée complet ! Mise sur cales ! Les bougies hui-
lées, le coupe-batterie en position « out ».

— C'est beau, l'Afrique, hein ? je ricane.

Elle soupire :

— Inoubliable. « Il » n'a pas voulu me laisser son numéro de téléphone, le salaud !

— Avec lui, on ne communique que par tam-
tam !

— Mais il a promis de m'appeler.

— Alors, il le fera ; c'est un garçon de
parole.

— Je vais devoir attendre sa fantaisie ?

— Vous n'êtes pas obligée.

— Si, dit-elle. En quelques heures, il a relégué aux oubliettes tout ce que je savais de l'amour. Avant lui, commissaire, je n'avais jamais joui. Des illusions ! Je courais après le plaisir. De la fumée sans feu ! Mais lui, quel brasier !

Chapeau, Jérémie ! Ça, c'est du paf !

Nous arrivons.

Ces messieurs-dames viennent de quitter la table. Une ambiance ternasse flotte sur le groupe de désœuvrés. La télé est certes branchée, mais personne ne la suit vraiment. Ils se parlent à l'éconocroque, tous, sans croire à ce qu'ils profèrent et sans s'écouter. Ma venue (inquiétante puisque j'arrive, moi, flic, dans la maison du crime), paraît au contraire soulager l'assistance.

— J'apporte une bonne nouvelle, lancé-je ; j'ai arrêté le meurtrier de Riton.

Exclamations diverses, cris et suçottements dans le public. Des questions s'entrecroisent : « Qui est-ce ? » « Comment », « nani-nana », « nana-nanère »...

— Un fou sadique, révélé-je. Vieux mec traumatisé dans sa jeunesse par un massacre familial et qui a entrepris une croisade pour venger les siens.

Voilà, ça suffit. Ils en sauront plus au dernier journal.

Je coule mes pattounes dans mes vagues et

me mets à centpasser (1). Je me sens devenir
Bourdaloue sur les bords. Voire Bossuet. Qu'à
la fin, ayant pris du recul et m'étant planté
devant la cheminée où crépitent des embûches
de Noël, je déclare :

— Ecoutez, vous autres. L'obus est passé
très près de cette demeure ; il eût été dommage
qu'il tombât dessus. Je la trouve belle. Il
conviendrait de lui rendre un peu de sa noblesse
passée avant qu'un jour les promoteurs la
rasent pour y bâtir des clapiers. Alors je vous
conseille, aux unes et aux autres, de stopper vos
turpitudes qui indignent vos proches et les gens
de la région. Vous, les ci-devant taulards, vous
allez décarrer d'ici aux aurores. Vous avez la
nuit pour préparer vos baluchons. Le moment
est venu pour vous d'opérer votre véritable
réintégration. Essayez de ne pas retomber car,
au gnouf, c'est vous qui devenez les caves. Cela
dit, si vous avez la mentalité truandière, ça vous
regarde. Sachez seulement que vous serez tenus
à l'œil. Quant à vous, mes belles dames, je crois
que vous seriez bien avisées en disloquant votre
groupe de pétroleuses du réchaud. Il y a des
moyens plus sympas pour se faire reluire dans la
vie que de jouer les putes à marlous.

(1) Verbe du premier groupe, à gauche en sortant de la
grammaire, qui signifie « faire les cent pas ».

                                            San-**A**.

Une furie se détache du lot : la Francine de Saint-Braque. Elle est hors d'elle.

— Dites donc, monsieur le commissaire, vos fonctions de flic ne vous autorisent pas à venir faire la morale chez moi, moins encore à décider du comportement de mes invités. Si vous n'avez plus rien à faire ici, disparaissez !

Je la considère avec calme. Kif s'il s'agissait d'une actrice répétant une scène de véhémence.

— Si, fais-je, oh ! si, Miss de Saint-Braque, j'ai encore à faire !

Et je te lui mets un double soufflet (de forge) qui la fait trembler sur ses fondations, son fondement et tout le *cheese*.

Un « oh ! » horrifié dans l'assistance.

Je n'en ai cure, comme disait un prêtre défroqué. J'empoigne cette pécore par un bras.

— Viens par ici, connasse, que je te dise deux mots, et ne ramène pas ton claque-merde, sinon je te dérouille à mort, comme tu aimes !

A grandes enjambées, nous quittons le salon (elle, elle fait des petits pas, mais elle en fait beaucoup et rapidement). Je la drive jusqu'à la bibliothèque dont je referme la lourde d'un coup de cul. Vlan ! Je la propulse sur la bergère. Mes deux tartes lui ont empli les yeux de larmes. En tout cas, elles l'ont calmée. La châtelaine dépravée ne songe plus à m'apostropher. Elle est devenue infiniment soumise, comme la fille de joie dérouillée par son mac.

— Bon, fais-je, te voilà toute douce. Je vais

te raconter la triste histoire de Riton, ma poule.
La version réelle, non expurgée. Ce petit gars,
vois-tu, était absolument certain d'avoir vu des
zobs coupés à la pharmacie. Comme notre
expédition s'était avérée négative et que personne ne le croyait, il a joué la partie tout seul.
Dans le fond, c'était un vaillant petit casseur. Il
a contacté la pharmacienne et l'a fait chanter.
En somme il l'a menacée de faire ce qu'il avait
déjà fait : tout dire à la police. Mais la pharmacienne était en réalité son frère jumeau, trop
chiant à t'expliquer, cette histoire me pompe
l'air, tu auras des détails ultérieurement, mes
éminents lecteurs détestent la rabâche.

« Toujours est-il que ce type est un dangereux sadique. Se sentant démasqué, il a fait
semblant de céder aux exigences de Riton et lui
a promis un paquet d'osier. Il lui a proposé le
fond du parc comme lieu de rendez-vous. Riton
qui pensait avoir comme interlocuteur une
chétive vieillarde a accepté sans méfiance. Seulement il est tombé sur un sacré os. Purgon
frère l'a anesthésié proprement, par surprise,
d'un coup de marteau, puis l'a traîné dans le
labyrinthe et lui a sectionné la veine jugulaire.
Propre en ordre ! Exit le maître chanteur. Le
meurtrier est tellement rusé qu'il a apporté un
tube de rouge à lèvres en vente dans la pharmacie de sa frangine et l'a laissé sur les lieux,
histoire d'orienter la police sur une fausse piste.
Il était au courant, comme tout le monde dans

la région, des bacchanales qui ont lieu ici, et plaçait cet indice à bon escient auprès du corps.

« Cela a failli marcher, du reste. Quelque chose me dit que Riton t'avait plus ou moins parlé de sa manœuvre pour piéger la pharmacienne. Toujours est-il que, le soir de sa mort, tu l'as vu sortir. Au bout d'un moment, tu es partie à sa recherche. Il t'appartient de me fournir les précisions souhaitées pour que l'affaire s'emboîte, mais cela reste marginal. Seuls importent les faits. Tu es donc partie à la recherche de Riton et tu l'as trouvé, gisant dans les fougères, avec sa gorge béante. Et alors, la chienne que tu es, Francine, la désaxée sexuelle a perdu la tête. La prudence te poussant aussi, il faut bien le dire, tu as sectionné la bite du pauvre petit bonhomme. Pourquoi ? Pour prouver qu'il avait été assassiné par quelqu'un de la pharmacie. Un seul homme pouvait comprendre la chose et en porter témoignage : moi. Moi que vous étiez venus trouver, le môme et toi, pour m'exposer l'affaire ; moi qui ai risqué une expédition illicite à la pharmacie.

« C'est pour cela que, le lendemain, au lieu de prévenir la gendarmerie du coin, tu as absolument tenu à t'adresser à moi. Tu as passé la journée à me chercher, ma belle. J'étais ton ange gardien, en l'occurrence ; ton service de blanchiment. Sais-tu que j'ai eu un doute après avoir examiné le corps ? Si la gorge était proprement tranchée, les génitoires, par contre, avaient été sectionnés en dépit du bon sens, bassement, mochement. Dans l'hémisphère nord, travail de pro, dans l'hémisphère sud, boulot d'amateur. Donc, possibilité de deux interventions différentes.

« Une fois de retour dans ta chambre, tu as compris combien ces bas morceaux étaient compromettants. Alors, tu as eu une idée géniale (et qui, je le crains, t'excitait) : tu as placé les roustons de Riton sous ton traversin. Et tu as eu la trouvaille sublime de les y découvrir en ma présence, comme si tu étais victime d'une mise en scène ; comme si quelqu'un voulait te perdre. C'est pour cela que tu devais coûte que coûte me « séduire », la nuit, dans ta cuisine. Il fallait que je te suive dans ta chambre ! Le message balancé dans la fenêtre par un esprit vertueux servait admirablement ton dessein en démontrant qu'on te voulait du mal.

« Alors maintenant, je reste dans l'expectative, Francine. Mutilation de cadavre, c'est un grave délit. Si grave que j'ose à peine saccager ton existence en l'utilisant contre toi, salope indigne ! Toujours cette vieille mansuétude du mâle à femelles ! Mon côté pigeon enclin aux indulgences plénières. Allez et ne péchez plus ! Morue tu es, morue tu resteras. Le besoin de te faire fourrer ! Cette malédiction bienheureuse dans ta famille de cuisses ouvertes ! »

J'enrogne d'être si faible. Manquement grave

à mon devoir ! Elle devrait passer aux assiettes pour son acte charcutier, la gueusarde. Pourtant, en comparaison du palmarès de Maurice Purgon, il semble peu de chose.

Elle se jette à mes genoux, les enserre de ses deux bras, frotte sa chevelure de garçonne contre mon entre-jambe aussitôt dilaté.

Elle pleure.

Elle gémit.

Elle dit :

— Tu es noble, tu es grand, tu es beau, je t'aime ! Je te vénérerai toute ma vie. Je voudrais bouffer tes couilles, lécher ton ventre, me nourrir de ta semence, enfoncer ton sexe sublime jusqu'en mes tréfonds.

Et ce programme, tu vois, ce n'est que les amuse-gueules. Elle poursuit en grand, longuement. Invente des trucs auxquels je n'avais jamais songé, même dans mes rêves les plus lubriques, et Dieu sait que j'en ai fait ! Elle fornique du verbe, ponctue de la main, frénétise de partout.

Ecœuré et las, je me dégage et m'en vais.

Dans les grands arbres du parc, près du labyrinthe tragique (les journaux !), des chouettes racontent à des hiboux de sinistres histoires, à moins — qui sait ? — qu'elles ne leur fassent du rentre-dedans !

ÉPIGLOTTE

On croit toujours que les douze coups de
minuit c'est seulement dans les films d'épou-
vante.

Ben non, tu vois. Tandis que je tourne la clé
dans la porte de notre pavillon, ils s'égrènent au
clocher de Saint-Cloud.

Par mesure de sécurité, je les compte, m'assurer qu'il n'y en pas treize. J'ai souvent rêvé de
ça : le treizième coup de minuit !

La taule est silencieuse, proprette malgré
l'absence de m'man.

A pas de loup-garou, je monte dans ma
chambre. Mon pyjama étalé sur mon lit dont on
a fait la couverture, me préfigure. C'est déjà un
peu moi. Ouf ! Cette séance de plumard, je l'ai
méritée, espère ! Je me dessaboule avec des
gestes exténués. Je craque d'un seul coup d'un
seul.

Au moment où, à loilpé, je m'apprête à

prendre une douche, ma porte s'entrouvre et
Maria surgit. La *vacca !* Cette apparition !

Bas résille, culotte rouge à froutounets noirs,
soutien-chose demi-lune ! Juste une plume dans
le cul, il lui manque, l'Ibérique. D'autruche.
Anne d'autruche, *mother* de Louis Quatorze.

Elle trémole du joufflu, dandine des niche-
bards. Mais qu'est-ce qu'elles ont donc, toutes,
à être à ce point dévergondées, à vouloir
absolument s'encastrer mon braque dans la
moniche ! Merde !

— Jé vous é entendou arriver, Moussiou,
elle gazouille.

Elle pose un pied sur une chaise pour me
montrer que son slip est fendu et, de fait (ou de
fesses) un foisonnement pileux s'en échappe, tel
un diable d'une boîte, comme écrivent les
littérateurs qu'ont la licence pro, mais pas la
licence licencieuse.

Je désabuse.

— Ecoutez, Maria, murmuré-je, je suis infiniment fatigué.

— Vous ! Jamais ! elle s'écrie.

Te dire l'hommage que ça constitue. Si tu
veux faire un clip sur la baise, je te donne
l'autorisation d'inclure la réplique de Maria.
Force m'est donc d'user d'un autre argument :

— On réveillerait Toinet et il radinerait
dare-dare.

— Ma il n'é pas ici, moussiou !

Putasse! Mon sang ne fait qu'un tour de piste.

— Vous voulez dire qu'il n'est pas revenu à la maison?

— Non, moussiou, jé né l'é pas revou.

Tu me verrais, en tenue d'Adam au téléphone, composer le tube des Bérurier. La fureur me fait grelotter.

Ça tinnabule, puis l'organe noble de Sa Majesté:

— Quooi? merde!

— Espèce de porc infâme, tu n'as pas ramené Toinet à la maison! glapis-je (ou barris-je, ou feulé-je).

— C'est pour ça qu'tu m'réveilles? Il a pas voulu rentrer. Il m'a dit qu'c'est toi qui l'as conduit chez moi et qu'c'est toi qui doives v'nir l'reprend.

— Le petit salopard! Passe-le-moi!

— Jockey!

Un moment s'écoule.

Béru revient en ligne:

— Ecoute, grand, si ça n'ennuiererait pas, y t'rappel'ra dans dix minutes. Ton coup d'grelot l'a réveillé et il est en train d'pratiquer une bonne manière à ma Berthy. C's'rait un crime d'les interrompre. Découiller avant terme, c'est perfide pou' l'sensoriel! Surtout chez les jeunes!

FIN

Achevé d'imprimer en janvier 1990
sur les presses de l'Imprimerie Bussière
à Saint-Amand (Cher)

◆

— N° d'imp. 10236. —
Dépôt légal : février 1990.
Imprimé en France